【凝望】

时光原野上的你

静默，如一棵树

也如，一个难猜的谜

我凝望你

如凝望我的整个青春

用尽所有的运气和勇气

那时，天总是很蓝

时间总过得很慢

你在草地的边上

却在我的心中央

【空缺】

海浪呢喃
海风轻撩发丝
像你的唇语
像你纤细会跳舞的手指

我翻越过大山和大海
也穿越人山人海
可自始至终
我与世界差着一个你

谁会把你喜欢 得这么好

the one
who stands by you
forever

顾南安 著

但愿我们的情话都有主

你和我，都不孤独

匍匐、深蹲、对焦、调光圈……
所有的美景连同时光　在镜头里定格成永恒
只是那些美好　少了你的身影
于是　天地间的绚烂都成单色的黑白

【思念】

【等待】

日复一日的等待

最终风干成千疮百孔的海苔

仍盼你是青春里的暖

让所有伤口都开出鲜艳的玫瑰

【追逐】

海浪轻逐沙滩　像追逐一场经年旧梦

我在梦想这头絮叨　诉尽你我的一切可能

海浪却始终无语　像我等不到你的讯息

原来，一加一并不等于我和你

═══════ 【呓语】 ═══════

我用一只玻璃瓶
收集海浪的澎湃和海风的呢喃
想必你听到这风软浪清
定会绽放灿烂笑容

在时间的洋流里
你是我日夜思念的海床上
温柔抚慰我安眠梦境的潮汐

被海退回的漂流瓶　搁浅了字迹清秀的表白
自此没人知道　那一笔一画
诉尽了一个少女的柔肠百结　美梦与失眠

【沉默】

【秘密】

阳光穿过枝丫，斑驳了流年

年少的情怀顺着粗壮的枝干

向每一根茎，每一片叶宣扬幸福

刻在树皮上的青春的秘密

伴着心底的思念一天天壮大

却又在光阴的无涯里

渐行渐远渐无踪

季雨洗尘，藤蔓疯长　属于一个季节的故事已经开始
我站在故事的一角　倾慕你的心如莲花的开落
你来，花开千顷　你走，芳香不绝

【倾慕】

【心动】

你脚步轻快，我脚步迟疑 中间隔着不知谁漏拍的心跳

我追随你，又躲避你 却不小心惹得满巷花朵报春早

当你回眸浅笑 全世界瞬间花语煦暖，风递细香

我喜欢那家店铺　因为你常去

也喜欢那家店铺的酸奶　因为你常喝

直到后来的后来，我才察觉　——你才是酸奶里最甜蜜的因子

【刚好】

路灯在天空讲述心情
你在我背后
抱着紫色的梦，翘首以待

风轻云淡，微风煦暖
一切完美得刚刚好

顺着时光河溯流而上
我们心情的来路清晰而坚定

secret

【永恒】

与你的眼对视的刹那
窗外的一树花朵瞬间点亮视线
那么安静，那么美好
像年华错落，成诗的断章

你撩动轻薄的衣袖
将黑板擦得一尘不染
转身低眉的一瞬
你在心上站成了永恒

目 录

**一场
华丽的狂欢**

CHAPTER I

你给的爱
很安静

CHAPTER 3

一场华丽的狂欢

〜 欢之所念 〜

光年流转，于一个不经意瞬间，岁月的书页又悄然翻过了一张。

翻过的，不只是时间，还有依附在时间之上的快乐、忧伤、甜蜜、心酸、幸福、难过、笑靥、眼泪，路过的或亮丽或黯淡的风景，以及我们的心境。

它们始终是我们掌心的宝。我们安静用心地捧着它们，然后对着它们，述说我们内心悸动的感情。于是，我们的脸孔上，开始有了丰富的表情。我看见你笑，你看见我祝福，他看见我们相拥……

寒流过后，天空会飘拂起轻盈的云朵，花儿们会快乐地开放，小溪流融化了一脸冰冷，变得和气温一样温暖。就像我们的心情，总会在一段时间阴郁之后，明媚起来。那么，剩下的就不只是快乐。我们的笑脸是如此温暖，连春天都是因为我们而到来的呢。

我们是一群孩子，一群拥有华丽妆容的孩子。我们轻轻地转动脚尖，跳起属于青春的华尔兹。音乐流畅华丽，像是铺挂在舞台上柔滑的丝缎布幔。我们就那样在高高的舞台上，轻盈地、愉悦地、用心地翩然起舞。起舞，不落幕。我们做了自己的主宰。我们用自己的独特舞步表达我们对生活的见解。

尽管有时，我们的姿势孤单无助，我们的内心拼命挣扎，但那依然属于我们自己，我们要学会接受和面对。就如我们喜欢上一个人，他的丁点儿错误，我们需要学会包容一样。我们要记得成长不只属于年轻的身体，还属于日趋成长的心灵。

我们不能让青春如此孤寂，所以，我们要努力地笑，放声地哭，努力在青春的天空涂满我们自己的色彩。就像梵·高、莫奈画那些世界著名的画一样虔诚。那么，在若干年后的某个时间，回忆的画面至少让我们感到欣慰，曾经的酣畅淋漓还历历在目。

年岁中的节日是音乐的高音调。因此，在节日，我们要更加用心。脚步是否跟上节拍，转身的动作是否流畅自如，笑容是否源自心底，我们都要考虑清楚。节日，那么多人的快乐和温暖团聚起来，燃烧成一团火，我们绝不能减少了这氛围。让我们忘了杂乱的身边身后事，尽情狂欢吧！

狂欢，是青春里绝好的机会。让我们把一切虚伪的面具放下来，袒露出最本真的自我，面对每个以诚相待的孩子，把快乐用心房传递得更远。感情因此得以宣泄，青春的宣言从此嘹亮而高昂。

你是我的可遇不可求，可遇不可留，可遇不可有。

——李宫俊的诗

当你抬头仰望天空，你会发现流星很快就远离了我们几光年。青春也是这般短暂，和惊鸿一掠无异。所以，让我们努力将青春变得美好。那么狂欢，无论是关乎身体，还是心灵，都是一枚鲜亮的时尚标签，始终伴随你我左右。我们是如此的富有，我们理应珍惜这难得的拥有。

　　在这场华丽的狂欢里，我们要扮演好自己的角色，演出最抢镜头的激情和舒畅。那个时候，你会发现，青春是一件灌满长风的衣袍，猎猎作响在你身后的天空，看不见尽头。

/// 每条恋人鱼都能拥抱明媚春天

我们都不可以为爱而斤斤计较，否则，便会或多或少地伤及他人。其实我们更需要彼此爱护是不是？

1

鱼缸里的水摇晃着，折射出阳光的色彩。夏微暖低头盯着缸中孤独的鱼，心内感觉到一股酸涩。当初和林年落说好，两条鱼不会无故分开。刚才却是林年落狠狠将鱼缸塞进夏微暖手中，说："这条独鱼你自己养吧！"然后就头也不回地走了。

过往的美好在夏微暖的脑海里胶片一样闪过：林年落和夏微暖一起翘课，躺在学校后面水库的堤坝上看湛蓝天际的流云。树影婆娑，鸟语花香，林年落扯着嗓子唱周杰伦，夏微暖望着林年落卖力的侧影特别想笑，最终却又掐着大腿忍住。

那段时光夏微暖是一直记着的，因为在她终于忍不住疼想夸张地笑出来的前一秒，林年落忽然翻身起来，贴近夏微暖的脸说："暖暖，我们在一起吧！"直白而含羞，让夏微暖飞快捂住了红透的脸，然后转过身对着碧蓝的湖水笑个不停……

那两条金鲤，便是那天下午两人一起捉的。

一阵口哨声急响，却依旧没能让夏微暖从往事的追忆里清醒。直到她被一辆山地车狠狠撞倒在地，膝盖磕破，夏微暖才知道那口哨是针对她吹的。手中的鱼缸亦在她跌倒的瞬间轰然摔碎，金鲤在玻璃碴儿上挣扎着乱跳，划破身体。夏微暖看着这一切，心疼得厉害，想着她和林年落的一切或许注定要结束了。

却见肇事者高高地伸下一只手，白皙细长。再仰看那张脸，带着满满的歉意，有不知如何解释的慌张。夏微暖自顾自挣扎着起身，并不理肇事者，只管向家门口走去。

男生却锲而不舍，一直跟在夏微暖后面。她停，他停，她行，他也行，非要赖着的样子。就这样，一直快要到夏微暖的家门口，男生才忽然喊她，"喂——"

夏微暖停下脚步，并不回头。只听男生说："很高兴认识你，我叫吴泽言，一班的。哦，对了，你的裤子在刚才摔倒的时候裂了一道口子……"

脸上忽然一阵红烫，这下可糗大了。想责问男生为何不早说，一转身却早已不见他的身影，只得匆匆跑向家里，一路不停念叨，"吴泽言啊吴泽言。"

有意无意，竟记住了肇事者的名字。

2

每天，林年落会早早站在门前的柳树下，等待夏微暖。然后，两个人一起去学校，笑声洒遍整条街。在其他同学眼里，他们是模范恋人，可他们却一直不肯承认。

只是林年落，从夏微暖的鱼死去的那天起，再也没有站在柳树下。夏微暖从家中走来，看见那棵茂密的柳树，心内便开始忐忑。她怕不经意间遇见林年落，两人陷入无话可说的尴尬境地。好在，她一直不曾在那里遇见他。

可在教室里遇见却不可避免，课间嬉闹，甚至是课上分组完成任务，依然有机会相遇。每次，林年落依然会和夏微暖说话，只是再也没有当初的热络。

比如，夏微暖和林年落分在一组做化学实验，研究金属钠的性质，会看到绿豆粒大小的钠粒在水的表层游移，有猛烈声响。若是以前，林年落除了谈基本的知识，还会口若悬河地讲起鱼雷在水中是如何急速前进。可现在，他只会说钠和水反应生成了氢气和氢氧化钠。

和别人谈起你，是我想你的方式。
——李宫俊的诗

因为和一班是同一位化学老师的缘故，化学实验课一起上。夏微暖一进门就看见了吴泽言，可她并未去理睬他。她觉得他够坏，不然那日为何不早点告知她出了洋相？可吴泽言却想尽办法和她套近乎，连实验台也选和夏微暖相邻的一张。

没办法逃脱，只得有一句没一句地和吴泽言搭话。

夏微暖得知吴泽言刚转到这所学校来，对一切还不是很熟。他没有朋友，希望能和夏微暖好好相处。那次骑车撞到夏微暖，不是有意，而是他第一次骑车上路。

林年落忽然高声喊叫皮肤灼痛，老师稍愣片刻，立刻背起林年落冲向校医务室。后来夏微暖才知道是吴泽言所在小组试管里的钠粒过大，与水反应时产生的冲力致使它飞溅出来，打在了林年落脸上。

之后，林年落的左脸上不可避免地多了一道丑陋的伤疤。

而他看吴泽言的眼神里，也多了几丝那个年龄少有的恨意。

3

吴泽言和夏微暖的关系渐渐亲密起来。

引用吴泽言的话说，他是占据了各种优势。夏微暖不怎么去想，就知道吴泽言是就自己和林年落相比而言的。于是心里猜测，吴泽言应该比较了解林年落了。

　　而她，和林年落相处这么久了，却依然搞不懂他为何忽然就对自己冰冷起来。是她做错了什么吗？反思一百遍，也没有一点值得林年落如此做的理由，便心内悻悻。时间一久，夏微暖便也不再去追究这件事，只任一切顺其自然。

　　在游乐园疯玩了半天，意犹未尽地出来，状态很HIGH地去喝东西。夏微暖微微喘着气，听吴泽言兴致高昂地讲鬼故事。夏微暖对鬼故事有很高的免疫力，并不像某些女生，一听鬼就面色苍白。正在兴头上时，却见吴泽言的嘴唇不动了。视线再跟着看过去时，却见林年落和他妈妈正坐在窗边，娓娓交谈。

　　之前的状态在那一瞬间凝固，继而消失殆尽。吴泽言猛灌了几口饮料，就匆匆牵起夏微暖的手，快速走向店门。夏微暖不知他们之间发生了什么，无比纳闷。却终是在经过林年落身边时，甩开吴泽言的手停了下来。

　　是吴泽言，他在经过他们的一瞬，将杯中剩余的饮料泼向了林年落的妈妈，然后扬长而去。他妈妈的花色裙子和皮鞋上立即泛起了脏污，脸色变得很难堪。林年落则忍无可忍，想追出去，却被妈妈狠狠拉住，只好压下了火气。

　　和林年落和他妈妈都很熟的夏微暖，只得满怀歉意地向两位老相识解释，"吴泽言今天遇到了不高兴的事，刚才只是一时冲动，还希望理解。"就在这时，面前的少年忽然轻轻握了下夏微暖的手，说："只做你自己。"然后又惊觉什么似的松开。

谁料想，吴泽言并未走远，这一切都被他看在眼里。他又匆匆冲进冷饮店，对着林年落脸上的伤疤狠狠瞪一眼，用力拉起夏微暖就飞奔离开。而夏微暖的指尖，却总感觉有熟悉的意味久久停留，不曾散去。

4

夏微暖是在帮吴泽言整理书包时，无意间发现林年落亲笔写的纸条的。林年落约吴泽言在学校后的水库边单独见面，时间就是当时。夏微暖想想两人之前的紧张关系，眼前忽然浮现两个少年怒吼扭打的场景，于是飞也似的冲往约定地点。

夏微暖看见的，却是两个少年穿很少的衣服在水里扭作一团。水被吴泽言用胳膊击打起来，向两边飞散开。林年落则被吴泽言拖在另一只手中，无力挣扎。他们究竟在干什么啊？！夏微暖急了，冲着他们大声喊，"你们快出来，快出来！泽言，不要伤害年落！"

焦灼不堪，吴泽言终于拖着林年落到了岸边，没来得及穿上衣服，他就背起林年落飞快地跑了。夏微暖这才发觉林年落早就晕死过去，脸色苍白若一张纸。于是匆匆捡起地上的外衣，跟着吴泽言一路狂奔。

林年落醒来的时候，吴泽言早已离去。他看见身边安静坐着的夏微暖，眼神里立即有了光亮，似乎夏微暖是个小太阳。他翕动嘴唇，轻声道，"微暖，我输了，我本以为可以先于吴泽言游到水库对边的石凳旁，却没想到会是这样。吴泽言赢了，他赢了我。"

夏微暖微微笑，示意他少说话，多休息，然后轻声出门，去买晚餐。她未曾察觉林年落眼底的泪光。年落却觉得夏微暖像一阵风，轻轻离去，此后就很难留在身边。

他们都知道，将一个女孩作为赌注，本身是不公平的。可为了微暖，他和吴泽言冒着违反校纪的危险这样做了。只是，那突如其来的伤痛让他彻底失败了。

他不能对微暖说，自己病了。这已让他的青春单薄不少，而失去微暖的日子，青春肯定会薄弱到不堪一击，那样又有什么意思？本以为可以借助这样的比拼再次接近微暖，可上天不肯再给他机会……念及此，林年落的泪水终于滚落下来。

不经意翻身间，却看见门玻璃上有人影匆匆闪过，那么熟悉。

5

夏微暖站在学校的公告栏前，看见两个熟悉的名字并排写着，心

想念有个别名，叫自捅千刀。
　　　　　　　　——李宫俊的诗

底一片荒凉。

青春年少，究竟有什么事是过不去的呢？

她想起吴泽言，近日对她越来越好，那温柔的关怀，让她的心一点点氤氲在温暖里，像春日的花朵一样袅然绽放。甚至，在某个时刻，她恍惚觉得泽言就是年落，是那些和年落的旧时光重新回来，依附在她年轻的心跳上。只是清醒过来，面前是泽言的笑脸。

林年落却似乎是和她渐行渐远了。她煲给他的汤，他喝一点就不再喝，难过得嘴唇轻微颤抖，说不出话来。她接过来喂他，他的眼中又满是愧疚和不安，昔日相处的那些信任，在那会儿都烟消云散，不留痕迹。

只是还好，林年落倒是很听他妈妈的话。他妈妈照顾他，就没有这么多问题。

那么，夏微暖同学是该和吴泽言同学一起了。青春里的温暖悸动，只有吴泽言能带给她，并不断地让她知道，走过的时光充满美好的忧伤和忧伤的美好，但无论如何，他们都会抵达一个明亮的幸福结局，像童话里一样。

泽言养了两条金鲤，装在透明的玻璃缸里，放在阳光下会折射七彩阳光。他说："微暖，初见时你的鱼缸被打碎了，我重新买来一个。两条鱼儿在一起，再也不会寂寞了。"说时，脸上有浅浅歉意，融化在微笑里面。

夏微暖轻轻接在手中，和吴泽言从校园里并肩走过。她的同学看着微暖再次抱着鱼缸阳光灿烂，都说微暖真幸福。微暖的心里，也真的感受到了幸福荡漾呢。

可是，他们在校门口看见了林年落和他妈妈。

吴泽言停止了说笑，拍拍夏微暖的肩，从林年落身边绕了个弧圈儿，飞快走开。

林年落和妈妈都微微低头，再抬起头来就是满脸笑容了。倒是夏微暖，抱着鱼缸有些不知所措，只觉有些对不住林年落。她明明察觉他一眼扫过鱼缸，才又微笑起来的。心思便像那受惊的鱼儿，四处乱窜。

她听见林年落说："微暖，我来请假，最近有事要去绿城。"

似是鼓足了勇气，抬头，那熟悉的身影却早已走出好远。

已到嘴角的祝福就这样被搁浅。

6

夏微暖忽然觉得，身边少了什么。是因为过去比现在拥挤吗？

等待，并非执拗。只是我也很好奇，想看一下，我是有多喜欢你。
——李宫俊的诗

走在校园里，有风瑟瑟吹过，凉意一点点侵袭。她握紧泽言的手，说："怎么忽然就觉得孤零零的了，是因为天气的缘故吗？"说话时眼睛眨巴眨巴。

"可能是吧，秋天一直都很孤零零呢。你想，叶子离开树梢，鸟儿离开巢窠，风离开土地。还有一些人也会选择在秋天的时候离开，那是最为孤独的。"说着，轻轻搂住夏微暖，找个避风的角落，坐下来，给她讲孤独秋天的故事。

"那年，秋天来得特别早，绿城的空气里充满凉意。刚离婚的男子和不谙世事的儿子朝夕相处，却因不擅照顾，他常常大哭大叫，饿得发慌却仍然不肯吃东西，男子尽了全力，却依然束手无策。他一次次将孩子抱向孤儿院的门口，却又一次次怜惜地抱回来……"

说时，吴泽言映着夕阳的眼中泪光闪烁。夏微暖沉默着，紧紧拥抱住他。他依然不肯停止，"微暖，那个男人是我爸爸，那个小孩是我。那时，我不到一岁。"

两个孩子，背对夕阳，紧紧抱在一起，分担他生命里的孤独。彼此眼角含着的泪，是和这个秋天同样的凉意。

后来，两人牵手走开，落在地上的影子很悠长。吴泽言对夏微暖说："不过，等秋天过去，春天便也不远了。你不知道，遇见你后，我比从前快乐了多少倍。"

夏微暖又何尝不是如此呢？若不是吴泽言，她或许还沉浸在林年落送还金鱼毅然转身的忧伤中，过着孤单寂寥的日子。

7

只是，连吴泽言也不辞而别。

秋天因此变得很深很深，带着凛冽的霜寒。

夏微暖缩着脑袋，独自走在校园的道路上，手边，没有人带给她温暖。她开始无比想念林年落，还有吴泽言，那两个让她的青春多了无数色泽的男生。

遥远的绿城，一家医院的病床上，安静地躺着林年落。他刚刚做完手术，人正在昏睡之中，一旁的妈妈静静看着儿子，边给他揉腿，边垂下泪来。

有人敲门，妈妈回转身时，看见吴泽言正对着她浅浅微笑。她打开门，请他进来，却不料身后还跟着一名男子。那男子，她甚熟悉。他曾占据她的整个生命，给她最浓烈的爱。男子轻轻扬着嘴角，亦无声跟随进来。

吴泽言轻轻看了看躺着的林年落，百感交集。这是他同母异父的弟弟，他从一开始就知道。可为了年幼时背负过的孤单和无助，他将这一切隐埋了起来，并给了他一次次报复。比如那次林年落横游水库时的窒息，左脸颊上的那道疤，比如他故意撞倒夏微暖……

他亦曾给妈妈报复，那次泼洒冷饮事件，是为了释放十多年来心底的怨恨。可后来他后悔至极，没有一个人可以逃离现实的残酷，许多事情都有苦衷。而他的妈妈，并没不理他，而是背着现在的家庭，给了他许多不曾有的关怀……

稍后，吴泽言轻轻抱住了妈妈。他轻轻叫她，"妈——"他从千里之外赶赴过来，只为向妈妈道歉，并和爸爸尽力照应他们的生活。妈妈愣住了，半天不知作何反应。在又一声的呼叫中，她终于滑下泪来，轻叫吴泽言，"儿子，儿子。"

吴泽言的爸爸背转过身去。躺在病床上的林年落，眼角悄然滑下泪来，滴湿枕巾。

这世间情，聚不是开始，散又怎能是结束。

8

夏微暖去了林年落的家。

年落的爸爸正在替他喂养那只孤独的金鲤。

夏微暖看见，眼角忽然湿润，她想起了鱼的主人。林年落的爸爸说："这条鱼年落养得很认真，临去绿城手术前还不断叮嘱我照顾好它。"

"年落是去手术？我怎么不知道。"

"微暖，年落身上发生了一些事情，你也应该知道一些。"说着，将夏微暖带到林年落的房间，递给她一沓厚实的淡蓝色信封。

99封，每一封都字迹清秀。原来，年落一直不曾放下对她的爱，只是他不愿看着她同他一起背负那些病痛。他说，虽然在和吴泽言的比赛中，他输了，可他得到的照顾却让原本退却的爱再次涌动起来。不是她煲的汤不好喝，而是他感激她以至于无从表达……

缓缓整理好，装进口袋。夏微暖走到鱼缸前，看见那条金鲤正在轻盈地游动。她用围巾包住鱼缸，轻轻捧起来走出门去。窗外有风在吹，阳光却煞是明亮。

途中接到吴泽言的电话。他说："微暖，此刻我和年落在一起。"

微暖不解，"你说什么，真的吗？"

"是真的，其实，林年落同我是一个妈妈。这次来绿城，就是为了将先前的不快做个了结，原谅我之前不曾告诉你这些。还有，就是从弟弟掌心争抢了你，是我不好，那时我只知为自己着想。看着你无微不至地照顾年落，我的心才一点点融化开来。我们都不可以为爱而斤斤计较，否则，便会或多或少地伤及他人。其实我们更需要彼此爱

我假装没有看你，你也假装欣赏风景。
——李宫俊的诗

护是不是？"

夏微暖没有说话，只是握着电话狠狠点头。

"我们很快就会回来。对了，年落说那条金鲤他还养着，它会活得很好。"

林年落的金鲤正孤独地吐着泡泡，轻轻舞动尾鳍。夏微暖的泪水簌簌滑落下来，滴在胸前紧抱的鱼缸里，滴答、滴答，激起水花。

回到家，夏微暖放下手中的鱼缸，轻轻将它捧出来，和另外两条放在一起。起初它们有些陌生，但渐渐地，它们就很融洽地游弋在了一起。

夏微暖对着它们，微微眯起眼睛，脸上带着释然的微笑。明亮的阳光隔窗打进来，照在鱼缸上，折射出阳光的色彩。房间内温暖氤氲，像是整个春天已经到来。

/// 我们是等待苏醒的花朵

只要脉息相通，就可以彼此懂得，化所有的不快为真爱。

1

我在安静仰望天空的时候，遇见苏童生。他自我的视线远处走来，然后冲着我"咔咔"地按下快门。要是他只拍一两张照片，或许我会继续琢磨着如何应对妈妈而不去理他。可他却丝毫没有停下的意思，于是我闷气突生，冲过去就夺他手中的相机。

他高高举着相机，盯着我紧绷的脸，紧张得有些说不出话来。而我却无力夺过相机，无奈，只好改用右手向他的肩膀上拍去。他却飞快伸出左手，将我的手臂卡在了半空，然后手掌缓缓上窜，五指叉开，一下一下探进我的指缝。

愤怒、娇羞、矜持，立刻充斥了我身体的各个角落。这微妙的感觉让我的心变得异常柔软，所以我木木地停止了动作，只任他不停地

如果有人觉得你傻，你就继续装傻，反正闲着没事，逗他玩儿呗！

——李宫俊的诗

握紧，再握紧。看他的脸，浅浅的微笑轻轻地荡漾着，盛满夕阳的余晖。我赧然低头，便看见夕阳下我们交错的身影。

后来，苏童生请我享受了一餐肯德基。而他，拿走了他拍我的八张仰望天空的照片。

回家的路上，低头行走的我和一个人没有前兆地撞到。抬头看，才发现是莫小拉。她是我的后桌，也是好朋友。彼时的她正欢快地打着电话。看到我时，也只是轻轻地摆了下手，又笑笑，随即转身离开。

我在心里嘀咕，莫小拉，你这个重色轻友的家伙！不就是恋爱了么。

回到家，我自然难逃妈妈的追问。当我嘟哝着告诉她考试的成绩时，她的火气虽没有像往常一样汹涌上来，可关门时的那声巨响同样让我深感不安。

先前吃肯德基带来的爽快心情被那一记摔门声震荡得不留丝毫痕迹。我的心情重又沮丧起来——许多年后，我仍然无法找到自己在这个家庭的确切位置。

2

莫小拉在课间递给我一只口袋，是照片。夕阳下，我正一脸恬静地仰望着天空一角。一起看完照片，临走时，莫小拉碰碰我的胳膊，

"乐梦萌，苏童生说他在操场等你。"

虽然苏童生请我吃肯德基的当晚，我久久不能入睡，眼前老是浮现出他夕阳下灿然的笑脸。可我们，毕竟还不甚熟悉。穿过操场的栏杆，我瞭望了一会儿他的身影，最后还是转身离开。

想不到苏童生在我快要走进教室的时候追了上来，他不顾众同学惊异的眼神，牵起我的手，就飞快地向顶楼跑去。那里没有人来人往，恋人们常常待在那里腻歪。

我坠在苏童生的身后，一副很不情愿的样子。我不想把自己的青春心事交付给苏童生，确切地说，目前我还没做好心理准备。可他只顾用力拉着我，不容我逃脱。

男孩面对女孩子，都是这么强势吗？我在心里琢磨着，却听见苏童生喘着气，用哀求的声音说："乐梦萌，你能帮帮我吗？"

苏童生跟我讲了他的故事：七岁的时候，他的父母离异，那时，没有一个人肯要他。他们都去外地发展自己的事业，苏童生在外婆家里寄宿了九年。现在，他终于习惯了这样的生活，父母却又各自回来，争着要照顾他，他不知道该怎么抉择。

对于这件事，作为旁观者的我保持了沉默。只是心内，对苏童生油然而生一丝同情。他和我，有着差不多的际遇，我能体会到他内心矛盾冲突的激烈。

车站有两个地方最感人：一个入口，一个出口。一个是不想让你走，一个是等你回来。
　　　　　　　　　　　　　　　　　　　　　——李宫俊的诗

我缓缓上前，轻轻地拥抱他，"苏童生，一切都会好起来的。"

3

莫小拉说要请客，因为她的恋情发展很顺畅。她邀请我，我想也不想，便欣然答应。这年头，没吃过猪肉，也要抓住机会看看猪是怎么跑步的。不然，青春也太显苍白了。

想不到，我会在餐厅看见苏童生。之前我告诉过他莫小拉要请我们吃东西，他非要我把他当作家属带上，我委婉谢绝了他。现在，他出其不意地出现，丝毫没有心理准备的我便感到些许的不自然。

席间聊天，才知道苏童生是莫小拉的表哥！怪不得那天，莫小拉会替苏童生给我送照片，还传话让我去见他。

狂吃海喝，到场几个人的情绪都飞涨到了最高点。苏童生也喝得有些醉了，他对着我不时地坏笑。临行时，他拍了拍莫小拉的肩膀，说，他很高兴，感谢她为他创造机会。

不知道苏童生说的高兴，是不是我替他喝了一杯酒。当时，他已经醉了，从未沾过酒的我看着不忍，便替他喝了。苏童生笑着，轻轻伸手过来，替我理顺耳边有些凌乱的发丝。

散了后，苏童生非要送我回家，我不答应，他便死赖着不走。无奈，我只好答应下来。他摇摇晃晃地牵起我的手，轻轻给我唱歌。

他唱："四周不停地张望，有谁在我身旁，能给我，一点点，小小温暖。"

忽然，苏童生又想起什么似的问我，"乐梦萌，你为什么喜欢看天？"

当一个女孩仰望天空的时候，她并不是想寻找什么。她只是寂寞。

他忽然上前，挡在了我面前。他说："让我抱抱你！"一脸庄重。

我迟疑，并没有做出任何回应。我说："苏童生，我给你讲个故事吧。如果你能听得懂，就算我们之间有默契。"

"杜鹃将自己的卵产在百灵鸟的窠巢，让百灵鸟替它哺育后代。杜鹃以为自己做得很好，因为百灵鸟会将小杜鹃当作自己的孩子呵护。百灵鸟为了小杜鹃，的确能做到呕心沥血。可是，百灵鸟的这种爱的方式令小杜鹃一直难以习惯。小杜鹃想飞离，去寻找杜鹃妈妈，却又发现自己已无法割舍对百灵鸟的爱，于是犹豫、彷徨、瞻前顾后……"说完，我的泪水已轻轻滑落下来。苏童生的眼睛里，也闪现出点点明亮的泪光。

我怕永不再见，我也怕再次重逢。

——李宫俊的诗

4

青春里有苏童生这样的、能懂自己心事的朋友，也算是没有遗憾了。

电影院里。苏童生对我说，他并没在父母之间选择和谁一起。他说："他们，尽管都是杜鹃，可已经飞离了他那么久，他们仍旧难以懂得小杜鹃在想些什么，需要些什么。"

我轻轻地将头靠在他的肩膀，"苏童生，只要脉息相通，就可以彼此懂得，化所有的不快为真爱。你看——"说着，我指了指前方的电影屏幕。

电影《暖春》正上映这样的镜头：自小就是孤儿的小花用真诚的心，终于使往日对她不好的叔叔和婶婶流下了忏悔的眼泪。小花含着泪叫出那声久违的"娘"的时候，往昔所有的一切，也便化成了浓浓的爱意汹涌……

苏童生看着，眼圈红了，他用胳膊紧紧地将我揽住，轻拍我的肩膀。而我，早又跟着剧情流下了感动的眼泪。

昨晚，妈妈叫我到她的房间。本以为她会像往常一样，严厉地数落我，想不到她竟软软地，跟我说了许多话。她说，有时候，她真的看不惯我的沉闷与学习成绩，可她忘了重要的一点，那就是我的快乐比什么都重要。那时的电视里，《暖春》正接近尾声。

谁会把你喜欢得这么好
The one who stands by you forever

所以，我约了苏童生，特意来看这部用真情打动人心的电影。我们对待父母，或许都应该向小花儿学习。而父母，也应该宽容由于我们的年少而附带的品行，比如叛逆、懵懂。

走到电影院的门口，苏童生忽然拉住我，对我说："乐梦萌，你知道么？我在今天苏醒了，我真的应该试着去理解父母的苦处，并努力和他们贴近。有多少误解和不满，能比血浓于水的亲情更重要呢？"

我对着苏童生灿烂地笑，"是啊，我们都是等待苏醒的花朵。苏醒后，我们的青春，我们的梦，才能开放得绚烂美好呢。"

5

莫小拉将一只胖大的毛毛熊塞给我，她说："这是苏童生送给你的。"

我甜甜微笑，问她，"苏童生为什么要送毛毛熊给我？"

莫小拉嬉笑道，"乐梦萌，你还不知道呢。其实，你一直都很优秀，可是你总是不够自信，看不到自己的优点在哪里，所以宁愿低着头行走，或者不断地仰望天空，过着安静的日子。我想，你的小自卑是需要一个人来融化的，所以我把你介绍给了我表哥苏童生。而那次我请客，也是苏童生在背后导演，他做的东。"

做回自己，总有人会爱上你的全部。
——李宫俊的诗

"啊？原来是你们俩在背后暗箱操作呢！"我伸出手去，想掐莫小拉的胳膊。机灵的她却敏捷地躲闪开了，然后站在离我不远的地方笑着说："苏童生让你去大梧桐下找他呢。"

我拍拍毛毛熊的肚子，做个鬼脸，又笑笑，"好吧，看在苏童生和你为了我，如此用心良苦的份上，我暂时放你一马。"

苏童生站在大梧桐下，正朝着操场的入口张望。见我走近他，他轻轻地挥了挥手，然后端起了手中的相机，"咔咔"地按下快门。

"喂，苏童生，你有意思没啊，又拍我做什么？"我远远地就跟他嚷嚷。

他狡黠地笑，"你过来看了就知道了。"

我上前去看，真的有些不敢相信自己的眼睛：曾经喜欢仰望天空的我，脸上笼罩着一片愁云，连绚烂的晚霞也无法驱赶走它；现在我的脸上，微微地，不仅有了荡漾的笑意，眼神也比先前明澈了许多。忍不住地，我笑了。

苏童生则得逞似的说："我还要唱那次醉酒后的歌曲后半部分给你听：我们都是一朵花，有自己的形状，但是都，一样地，需要温暖。那温暖，在我们身上……"

"你的大葫芦里究竟卖的什么药啊？"我有些摸不着头脑。苏童生却将我的右手牵起，让我在空中做出了一个固定的姿势，然后，他的左手也轻轻地靠拢上去。我这才发现，我们的手指，在阳光下，巧妙地合成了一颗心的形状。

苏童生说："乐梦萌，我们两个在一起吧！你看，我们在一起后，温暖就渐渐地多了起来。我们的心，也都需要彼此的呵护和安慰。需要苏醒的，不只是我们与家人血浓于水的亲情，还有我们两个人青春里的感情呢。"

我笑笑，对着苏童生的左耳轻轻说："苏童生，你背背我，我就答应你！"

苏童生高兴地笑着，背起我，直朝操场的出口走去。我在他的背上"咯咯"地笑出声来，惹得正在玩耍的同学们一阵唏嘘。我和苏童生，在经历了长时间的心灵沉睡后，终于完全苏醒过来。不经意地推开心窗，忽然发现天也晴了，花也开了，微风也沉醉。而那，正是青春的美丽风景，我们刚好没有错过。

/// 春风十里不及你眉眼一弯笑

从你到学校来报道的第一天，我就觉得那群女生里，你最与众不同⋯⋯

1

用微信传音频给方文函，我鼓了很大勇气。意想不到的是，十分钟不到，方文函就回复了我。他用富有磁性的声音问："叶袅袅，你在哪？"

"二教301。"看到有同学在自习，我回了文字消息给方文函。

时间一点点流逝，眼看快要到课间休息了。就在我以为我和方文函没了然后的时候，一个瘦高的男生推开教室门，四顾一圈后，冲我阳光地笑起来。

他是方文函？笑起来竟那么温暖，仿佛随身携带了窗外明媚的暖景。我忍不住一脸惊讶，在其他同学的低声议论里，快步走出了教室。

一出门，我才发现方文函左手拿着篮球，分明是刚运动完。我用询问的眼神看他，他却毫不生分地跟我说："走，给我帮个忙！"

我有些不情愿地跟在他身后，带着小愠怒。走到一畦花圃边，方文函停下。他抓起浇灌花木的橡胶管，递给我，示意我冲水让他清洗下脸。

却不料，水冲劲过大，从他的指缝间穿过，溅湿了他的鞋，我赶紧转变方位，水又冲在了他发丝飞扬的脑袋上，于是他的头发全湿了，水不住往下滴。

我慌了，飞快丢开了水管，方文函却并不生气，反而开心笑起来："叶袅袅，玩笑可不能这么开，不就是我刚才没跟你说，你被录用了嘛！哈哈，真爽快！"

我没有再说话，只记得细小的水珠折射着阳光的光泽，在他的脸上闪耀，而他爽朗的微笑，为明媚的春日增添了许多潋滟的色彩。

2

其实，我之前就知道方文函，通过听他的广播，大概猜测得出他是温润的男生。而这次，他竟成了我的伯乐！我申请网络DJ的音频，他觉得好，便主动将我吸收进了广播小组，还把那个音频处理后传到

我假装无所谓，却发现你是真的不在乎。
——李宫俊的诗

了网络小站，引来好多听众讨论。

那期广播里，我分享了我青春里的孤单和生活的沉闷。其实，我并不期许有那么多人萌生同感，有一个方文函能了解我，就足够了。

再见面时，方文函笑着问我："叶袅袅，愿意和我一道，释放青春正能量吗？"

我不知他说的是何事，但我想：能和他一起做，无论是做什么，都有意义吧！哪怕吃苦受累也无妨，谁叫我觉得他特别呢？所以几乎没犹豫，我就答应了他。

任务是录制广播，只是选文要阳光励志，给迷茫孤单的同龄人一些鼓励。每天放学，甚至周末，我和方文函都会去约定的地点，然后对着手机录制节目。

校园里很安静，唯有我和方文函的声音此起彼伏，在校园里回荡。不时，我会悄悄侧脸看他，而他正专注录音，一副沉醉表情，我的心里，便有幸福的感觉氤氲开。

偶尔，我也会不小心走神，读错句子。方文函从不怪我，大多时候只是投来一个清澈眼神，我受到提醒，再次郑重对待。在这样微妙的体验里，我感觉到青春的美好和悸动。

录完后，我把录音交给方文函，而后结伴回家。空荡的校园里，我和他愉快交谈，偶尔还你追我逐地玩闹。奔跑时，我察觉我的青春因为方文函，美好得快要飞起来。

3

录音经方文函处理，放到网络上后，听众反响很好。方文函有些兴奋地打电话给我："好搭档，节目很受欢迎。走，哈根达斯吃起来！"

我和他并排走在林荫道上，他的雀跃小碎步将他的快乐暴露无遗。我看着他，觉得在口中渐渐融化的哈根达斯是有史以来最好吃的。

也有女生投来艳羡眼神，对这，我已经习惯。方文函的网络广播在学校也颇受追捧，老师因此约他加入广播站，他却拒绝，引发争议的同时，自然也被更多人知晓。

可我还是忍不住说："文函，好多女生喜欢你哦！"

他"咯咯"笑起来："可我只喜欢一个人啊！"说的时候，他微微仰起头，眯着眼睛，让阳光打在他棱角已日渐分明的脸上，表情沉醉又幸福。

方文函所说的"一个人"，是指他自己，还是他喜欢的对象，我琢磨许久，仍不得要领。只是他每天仍会来找我，和我聊聊做广播的事，当然也有其他有意思的事。

不是所有的悲伤，都能用文字诠释。而是所有悲伤，都能从文字中得到安慰。
——李宫俊的诗

当方文函神秘地告诉我，他在街上做过即兴表演时，我的耳朵和下巴还是快要掉下来了——他怎么能做出这么"影响市容"的事？

直至我跟随方文函去见识了，才被他征服了。熙来攘往的步行街上，我身边原本很安静的方文函竟忽然跑到路中央，甩开膀子，扭起东北大秧歌来！那欢悦的精气神，动感的十字步，出其不意的惊艳效果，竟让经过的人都停下，跟着乐呵起来。

起初，因为方文函的特立独行，我感觉有些难为情，但看到那么多人开心围观，甚至还轻轻扭动起腰肢，又觉得他真是生活中的乐天派。而我，要快些跟上他步伐才好。

4

有好几次，方文函在跳到嗨的时候，来拉我一起跳。我顿时羞红了脸，往人群后面缩。有时，心里也会说服自己放开胆儿玩一次，可就是拿不出勇气。

方文函为此笑问："这样怎么行？你知道吗，街头即兴表演是特别能锻炼人的方式，所以我才来挑战自己。你不是也说想锻炼自己吗？那我给你换种锻炼方式？"

我低下了头。我曾这样说，无非是想和他能多相处些时间。转念再想想他帮我用作品证明自己，打消其他同学的看法，又特意选播一系列励志文章，帮我打消沉闷的念头，甚至，他还试图用行动带动我勇敢乐观地面对生活，一切都是那么用心和默默无闻……

最终，我抬起头，冲他灿烂地微笑，还和他击了一下掌。

方文函所说的锻炼，是为新年晚会组织排练一部喜剧。他说，距离高考只剩一学期了，时间有点紧张，让我做导演，算是帮他完成心愿。我虽答应了，但是我从未组织过类似的活动，何况还要跨班，连剧中的角色也要反串。

时间一天天流逝，喜剧排练班子却没搭起来。下课后，我去找方文函，跟他诉说难处，他不怪我，带我去其他班上找同学恳切地谈。放学的时候，人员齐备了。

我佩服方文函，想着他能在短时间内感召同学来参加，肯定有妙招。问及他，他笑着告诉我："就是热情、积极、阳光啊！只有自己充满劲头儿，别人才会有信心加入呢！"我回想，果然，他跟每个同学交流，都是满脸笑意，信心满满……

从方文函的眼神和笑里，我似乎明白了什么，也默默地获得了动力。放学后，我积极组织同学在操场练台词，自己还反串了男主角。努力练习的同时，我还认真解决排练中遇到的问题，并尽量让每个同学看到排练进展。渐渐，排练效果有了，爆笑指数直冲五星。

新年晚会上，我们的喜剧以幽默诙谐的表演，轻松摘得一等奖，

你曾经喜欢我，现在不再喜欢了，那是我没本事，我不怪你。

——李宫俊的诗

参演的同学都开心不已。鞠躬谢幕的时候，我看见方文函在台下，正冲我微笑，同时竖起了大拇指。

我忽然觉得先前付出的辛苦都值得，因为，我没让他失望。

5

方文函把喜剧交给我排练的同时，也把网络广播小组交给我管理。他说："叶裹裹，我们做广播近一年，你已有了经验和审美，我相信你能做好。"

我听出，方文函不会再同我一起做广播了，就在我准备拒绝的时候，他温暖的笑和期待的眼神再次投射到了我身上，我为难着，最终还是答应下来。

广播小组的作品，方文函仍会收听。他也常常找我，把作品的优点和瑕疵都告诉我，让我传达给组员们的同时，注意严格把关。后来，我看他比先前更黑瘦，更憔悴了，有些心疼地说："文函，学习太累了就来找我，我陪你去放松！"

他再次眉眼弯弯地笑起来："好啊！和你在一起时，我确实觉得生活充满趣味，只是高三第二学期了，时间不太允许呀！"说时，他的眼里有失落闪过。

我嬉笑着告诉他："我敢在步行街扭大秧歌了，让你见识一下？"

我使出了浑身的劲儿，甩开手脚夸张地舞动，让方文函都忍不住感叹。路人越围越多，他也加入了进来，场面好不热闹。到最后，我和他都因太快乐，闪起了泪光。

结伴回家的路上，他好几次侧脸望我，却欲言又止。我眨巴眼睛，扬起嘴角："文函，你的笑容特美，春风十里也比不过呢。所以不管遇到什么，都要勇敢面对哈！"

他再次笑了，虽然表情有些不自然，还带着些羞涩："会的。只是一直没跟你说的是，你其实比我勇敢。要不是你起初用微信传音频给我，我可能现在都没勇气找你，从你到学校来报道的第一天，我就觉得那群女生里，你最与众不同……"

等不到他说完，我和他喜出望外地对望一眼，哈哈大笑起来。那笑声，轻快地越过身边再一次汹涌而至的春色，飘远，却在心底投下大片的温暖……

不开心的时候请假装乐观，装着装着可能就像了。
——李宫俊的诗

/// 再见，如果还会再见

耐心地等待一个人，穿过幽深的岁月来爱自己。

再见，如果还会再见

小城的雨总是来得毫无前兆，瞬时，所有风物都被笼罩在一片雨雾蒙蒙中。

夏果提着裙裾在马路上一阵飞奔，遮在头顶的杂志被风不断地向后掀过去，掀过去。那样子，多少包含了些狼狈，与平日里淑女做派的她格格不入。

来不及跑到巷口，夏果就被淋成了雨人。原本蓬松的刘海儿紧紧贴住额头，一绺一绺，往下直滴水。脸色也因心脏沉闷的跳动而显得苍白。在少女脾气的支配下，夏果索性脱掉鞋子，赤脚在滂沱的雨中行走起来。

听见有车鸣笛，也只是轻微往路边一让。反正早已被淋透，也不怕再被车轮挤压溅起的水让自己变得更落魄。可这一切真正降临的时候，夏果还是忍不住回头来了句脏话。而那车，似乎有感应似的，竟减慢了速度停下来。

玻璃窗轻轻摇下，探出少年熟悉的面容。少年原本想微笑，风雨却迅速侵袭了他棱角已开始分明的脸。于是只好挥挥手，大声地跟夏果说再见，再见。

是范思哲，夏果看见他后，顿时意识到时常挂在他嘴边的话终于变成了现实。是啊，现实，残酷的现实，夏果不得不努力说服自己，她的范思哲，真的离开了。

唤醒与你有关的记忆

雨中的那一幕，让夏果尝到了离别滋味，也让她开始想念。

她裹着厚实的被子，冰水毛巾让她的高烧渐渐退却，可喷嚏还是接连不断地打着。妈妈在隔壁数落她不小心，学业又落下别人一大截。夏果充耳不闻，只管把视线投向窗外。

骤雨早已过境，被洗刷过的天空泛着淡淡的青色。墙外青藤的叶子被艳阳照得绿光粼粼，从窗角探下来的几枝，在微风中婆娑抖动，影子浅浅淡淡投在她手边的床单上。

夏果摩挲那叶影，像是在触摸她和范思哲过往的美好。可是，

不要假假对我好，又真真不要我。
——李宫俊的诗

一切都已捕捉不到，一切都已变得冰凉，就像那一刻，她快要碎了的心。

"铃铃铃——铃铃——"似是昨日重现，窗边的铃铛竟奇迹般地响了。夏果屏住气，凝神听，那铃铛果真又清脆鸣响了几声。她急急冲到床边，看见系着铃铛的绳索在微颤。

内心受到极大的鼓舞，夏果穿好衣服，"噔噔噔"地连爬三层楼，敲门。她想知道，是不是她的范思哲又回来了。因为那青藤下的秘密，只属于他们两个人。

门缝里闪出了一张微笑却充满了局促的脸："请问，你找谁？"

夏果看看开门的人，却一句话也不再说，只是转身，闷闷下楼去。寂寞的心跳在楼道内化作空洞的回响。

拿爱填满心的空隙

范思哲在自家和夏果家的窗前各安了一只滑轮，轮边系着铃铛，当拴牢的绳索被扯动，铃铛就会响起。他们通过绳索传递纸条、吃食或小玩具，乐此不疲。

这一创举省去了两人上楼下楼的诸多麻烦。那根掩藏在青藤下的绳索，也成为范思哲和夏果逃避家长管束，放松心情和交流心事的最佳通道。

时间一长，两人就亲密无间起来，从初二，一直细水长流到高一末。

文理分科的难题摆在面前时，犹豫不决的夏果用力拉响了范思哲的铃铛。

城南。碧绿无垠的原野在面前盛大铺展，一条铁路从中蜿蜒而过。夏果和范思哲顺着铁路并肩慢走，因为做出了跟对方不同的选择而渐渐失言。许久，又因心中有类似的梦想升腾，相对无言的局面又被打破。

最终，理科成绩红灯高挂的夏果选择了文科，范思哲却选择继续在理科的苦海里煎熬。两人的教室虽然都在三楼，中间却自此隔了一个大花坛。

偶尔透过窗户，他们会看见彼此熟悉的身影，于是轻轻挥手致意，口中的话语却总是被风和他人的喧闹淹没于无形。晚自修后回到家，铃铛虽还会响起，却也只是孤零零的一两声。

没过多久，范思哲就搬走了。文科模拟考试成绩可怜分分的夏果在回家的路上，也不过是和匆匆离开的范思哲打了个照面。

范思哲的新家在城南，就坐落在那片无垠的碧野边上。透过窗，便能望见那条通往远方的铁路。只是，再要和城北的夏果见面，对学习无比紧张的他们而言，确实是个不小的困难。

在那些想念无处投递的夜，夏果尝试着喝咖啡，希冀能把那些忧伤用咖啡的暖香漫过。偶尔，她也会轻轻碰触那铃铛，听听悠远的脆响。可咖啡太苦，她很不习惯。

慢慢地，夏果开始习惯身边有丁一鸣的陪伴。虽然很有心理补偿的嫌疑，但这确实让夏果原本就有些枯燥的日子变得不再那么难熬。

丁一鸣是现在铃铛那端的少年，是范思哲旧家的租房客，也是夏果的同班同学。

当丁一鸣试图向夏果表白他的心迹时，夏果还是选择了拒绝。一来，她尚未放下范思哲；二来，夏果觉得还没和丁一鸣熟到做最亲密的朋友。

所以，她对丁一鸣说："我们还是做朋友好些吧，楼上楼下的，被家里人发觉多不好啊。"

等不到期待的容颜

周末，丁一鸣去帮爸爸打理生意，没空黏着夏果。夏果便趁机独自出门散心，偶尔给范思哲打个电话，恰逢他有空，就一起约好，见面聊天。

话题依然有，但随着时间流逝，愈来愈可怜。夏果不确定是否是因为距离，因为文理科，因为见面少，才导致这略微尴尬的局面出现。她只是更加珍视和范思哲在一起的时光，哪怕是彼此面对着开阔原野无语相对，也觉得幸福。

他们像众多离散却又渴望再续前缘的老套恋人一样，拉钩约定，两人将来要考到同一所大学去。去的时候，还要一起乘那穿原野而过的火车。

距高考的时间越近，夏果努力的信心就越坚定。原本喜欢在课本上抄情歌的她，成绩竟然也开始向满分致意。那么，就只剩下高考这性命攸关的一搏了。

每每看见拼命啃着习题的夏果，丁一鸣的心就微微疼起来，多次上前提醒她注意休息，却常常换回她的冷淡。这让丁一鸣有些灰头土脸，但谁叫他的学习成绩连夏果的一半儿也达不到呢，于是只好陪着笑，说些鸡零狗杂讨夏果开心。

高考落下帷幕，自知与大学无缘的丁一鸣陷入了极度矛盾。他知道，若夏果考上大学走了，他连见她的机会也将不再有；假若夏果考不上，他又会替她难过，觉得生活很灰暗。在进退之间徘徊许久，最终，丁一鸣狠狠咬了牙，下了决心。

有些人，只适合好奇，不适合在一起。

——李宫俊的诗

夏果以应届生身份被一所三流大学录取。范思哲却落了榜。夏果不敢给范思哲打电话，怕他觉得自己在炫耀，又顺带刺伤他最后的自尊。过渡一段时间后，夏果再打电话给他，却是空号。夏果有些不知所措，心的位置变得空荡荡。

直到临行前，夏果也没有再见到范思哲。她摇了摇窗外的铃铛，依然能发出清脆的响音。当火车从麦田已被收割的原野中穿过，离开小城的时候，夏果急急地想搜寻什么，可终究一无所获。再转念想起曾经的情意，泪水就湿了眼眶。

如果那也是爱情

入学后，新生夏果除了燃烧新鲜感，还勇敢地扮演起报刊推销员的角色。

学校门口开了一家新报刊亭，老板是丁一鸣。他的事业刚起步，想打开市场难上加难。作为日渐亲密起来的朋友，夏果觉得有必要帮他。所以，她推销报刊极勤快，还把生活费借给丁一鸣谋发展，自己跟他蹲在亭子前，对着马路吃泡面。

是因为夏果通过一件事，更加了解了丁一鸣这个人。

八月底，通往绿城的火车又闷热又拥挤。离愁如丝丝缕缕的云烟，已变得轻而淡远，困意却无孔不入。迷迷糊糊的一觉醒来，夏果惺忪的睡眼便看到了站在身边微笑的丁一鸣。

来不及想别的，夏果只是疑惑地问："你就不打算复读一年，试着考所大学吗？"

"以我那点成绩，估计抗战八年也够呛，所以不如早点停学，去绿城打拼。"

"原来你也要去绿城？"

"怎么，不可以呀？"

……

剩下的漫长路途，丁一鸣和夏果挤坐在一张狭小的座位上，信马由缰地聊天。夏果从中得知，丁一鸣高考一结束就决定继续黏她，无论她身在何方。也是为了能在火车上照应她，他愣是提着笨重的行李，穿过道道人墙，从19号车厢找到了7号。

再回想和丁一鸣认识以来的点滴，夏果似乎明晓了什么。于是她开始琢磨，她和丁一鸣之间的这种亲密，究竟算不算得上是爱情。

有些事只能埋藏心中

因为和丁一鸣走得近，又不计付出地帮衬他的生意，认识夏果的

两相忘，从来未忘。两相望，别来无恙。
——李宫俊的诗

人开始唤她为老板娘。夏果觉得除了有点难听外，那种亲切感竟让她很受用。

除了上课，偶尔跟同学们去玩乐，夏果都会到丁一鸣的报刊亭帮忙。一天天好起来的生意让丁一鸣的嘴角总是轻绽着笑意。某个周末，丁一鸣提前关了门，准备带夏果去吃东西。夏果怕他浪费，推脱着不肯去，丁一鸣便上前紧握住她的手，强行带着她去了一家饭店。

一路上的风景，明媚得有些像梦幻中的场景，夏果感觉有些恍惚。而那天的饭菜，味道并不特别好，夏果却觉得吃得很开心。

剩余了一点饭菜，夏果让丁一鸣打包带走，丁一鸣却不干，说是怕被夏果的同学看见，对她有偏见。回去的路上，气氛因为是否打包的小争执显得有些沉闷。那时，丁一鸣是那么想再次向夏果重申一下他爱她这件事，可衡量下大学生和报刊亭老板的差距，还是咬了咬嘴唇，没有说。

就在这时，攥在丁一鸣手里的夏果的手机响了，是未存号码。夏果接通，试探着"喂"了一声，很快就兴奋得眉飞色舞起来。她逐渐走离了丁一鸣，在墙边嘻嘻哈哈讲了半个小时，才意犹未尽地走回到丁一鸣身边来。

等在一旁的丁一鸣并没有询问是谁打来的电话，单是看夏果兴高采烈的模样，他就能猜测个八九不离十。何况，那个号码，他早就知道了，只是还没来得及告诉夏果。所以他只是静静跟在夏果身后，看路灯在地上投下她瘦长而轻盈的影子，心一点点沉下去。

老板娘等到了王子

夏果去报刊亭的次数越来越少，想必是在收敛先前投放在丁一鸣身上的感情。丁一鸣能理解夏果，要不然，他也不会在先前，犹豫几秒钟后，就大度地把夏果的电话告诉范思哲。

首个暑假到来，夏果回了老家。丁一鸣要照看报刊亭，走不开，日子却过得有些难熬。实在想念得不行了，丁一鸣就给夏果打电话。有些心里话不好直讲，丁一鸣便扯些让夏果给自己捎带特产之类的话，日子因此得以好过些。

开学的时候，夏果果真带了一大包特产给丁一鸣。丁一鸣看到许久不见的夏果额头上渗出的细密汗珠，忍不住上前替她擦拭。可手刚一碰触到夏果的肌肤，就又触电似的缩了回去，脸一下子红到了脖子根。夏果却无事似的，浅笑着跟丁一鸣告别，临行不忘顺手拿本杂志。

也是在那个初秋，范思哲考来了绿城。报道完毕后，他约夏果和丁一鸣一起吃饭，说是老乡见老乡，要两眼泪汪汪一下。夏果和范思哲从两边分别赶来报刊亭，而后三人才嘻嘻哈哈着奔赴目的地——夏

也许，单恋一个人，比真正拥有一个人……更爱。只因，你不能拥有。
——李宫俊的诗

果和范思哲的学校相邻，而丁一鸣的报刊亭，正好处于中间位置。

饭局热热闹闹地开始，根本没有想象中的泪眼汪汪，倒是举筷给旧友夹菜的温馨细节使旧时感情的枝丫衍生出了新芽。一些旧年趣事也被穿插着提起，让人忍俊不禁的同时，又生出无限的惆怅来。

杯盘狼藉后散场，丁一鸣找了借口准备走开，却被夏果叫住。夏果问丁一鸣："不知你那里还有没有我带过来的特产，有的话可以分给范思哲一些，让他也尝尝家乡的味道。"

丁一鸣有些郁郁地回答："还有呢，走，我现在就拿给你们。"

默默走在范思哲和夏果身后，丁一鸣看着他们并肩亲密地交谈，心一点点凉下来。他原本以为，自己只会和夏果越来越亲密，却不想范思哲的到来，让他们日渐稳固的感情有些动荡起来，眼角不觉有些潮湿。

她和他之间的爱意

那年，高考过后，范思哲考得一点儿也不理想。他自幼家境优裕，于是家长立马决定带他出国旅游放松身心，而后再让他转学到更好的城市复读。所以，如同初次搬家那样，他来不及向夏果告别，就跟随家人匆匆乘飞机离开。

而夏果，在一个漫长假期的搜寻无果后，心渐渐灰冷下来。尤其是到绿城后，她更不知如何才能找到和范思哲彼此牵连的线索。所以，她几乎没有再抱任何希望。当长时间做替补的丁一鸣冲到主场上后，她开始尝试着接纳他。

可历经曲折，他们终是在茫茫人海中，又找寻到了彼此。于是，所有一切都可以再继续，就像在老树枝上做过嫁接，全新的枝叶又衍生出来——虽小，却仍那么动人。

夏果和范思哲一起吃饭，一起逛街，一起看电影……只要有时间，就形影不离。那幸福的模样让别的同学艳羡不已。时间一长，大家都忘了夏果是报刊亭的老板娘这件事，又纷纷改称她为校花。

夏果的相貌并不出众，与校花这个词甚至还有点绝缘。可谁叫范思哲帅得一塌糊涂呢，他家境优渥，又出身重点大学，自然会一人飞升仙及鸡犬。夏果虽不认可这个称号，对范思哲寄予她身上的感情，却执着而笃定地相信。

相处的时间久了，在范思哲汹涌的爱情攻势下，夏果乖乖地缴枪投降了。如同众多的大学情侣一样，他们开始在校外同居。

同是有伤的年轻人

很长一段时间以来，丁一鸣都处于被夏果和范思哲忽略的状态。眼睁睁看着夏果和范思哲在面前上演一幕幕爱情戏码，丁一鸣能做

一个人其实也很好；不过是寂寞时没人拥抱；不过是孤单时没人依靠。
——李宫俊的诗

的，只有无奈地叹息和更加努力地打拼。长时间坚持做下来，竟也赚了一些钱。

夏果心情郁郁地来找他，一点也不在他的预料。她一进门，发现没有顾客光顾，就紧紧依偎在了丁一鸣怀中。丁一鸣以为夏果受了委屈，有些没心没肺地逗她乐。想不到夏果却接连狠狠地捶打着他的胸膛，紧跟着又呜咽出了声。

明明是发生了什么。

许久，夏果才哽咽着告诉丁一鸣，说范思哲在外边背着自己拈花惹草了。丁一鸣不知如何安慰夏果，静静地拥抱了她许久，又想起什么似的说："走，让我们化悲痛为食量去。"

还是那家饭馆，还是酸菜鱼、土豆烧牛腩等菜。两人慢慢吃着，不知受何感应，竟不约而同地抬起头，对望上彼此的眼，而后又飞快低垂下羞红的脸，忍不住笑起来。

夏果趁机调侃丁一鸣："你真老土，为什么每次吃饭都选这里，还点同样的菜品？"

"我们初到绿城，在外面第一次吃饭就吃的是这些菜，所以日后要经常眷顾着它们，算是不忘本。就像一个男人，有了结发妻，就该一直钟情下去，喜欢朝三暮四的活该被坑杀。"

"这都哪跟哪呀！"夏果有些不屑地说着，却还是举起手中的筷子，对准碗里的酸菜鱼狠狠扎下去："范思哲，我让你不专情，让你去拈花惹草！"

丁一鸣看着夏果无比孩子气的举动，嘴角洋溢着幸福，涩涩笑了。

把恋爱说成一颗糖

夏果又把大包小包的东西搬回了学校寝室，从意气风发地跟随范思哲离开到灰头土脸地独自折回，夏果在同学面前觉得很没面子。所以，若非必需，夏果都会安静待着。她想让时间冲淡一切，也让自己慢慢拥有新的生活。

夏果还开了一家网店，专门卖书刊，供货商是丁一鸣。有买家光顾，夏果会无比耐心地跟他们沟通，商量价格和邮费，并定期出去邮寄货物；没买家的时候，夏果就啃厚重的专业书，丰富知识储备。

有很多次，范思哲跑来楼下等夏果，夏果不到楼下去，也不接范思哲的电话。可范思哲仍会一次次地打来，执着而坚定。这常让夏果心烦气躁，憋闷到实在忍无可忍了，就狠心关掉手机。

每每透过窗户，夏果都能看见范思哲在楼下心急如焚来回走动的身影。起初，她的心里会漫过一阵报过仇后的快意，可随着时间流逝，那些恨意又渐渐软化掉，如风一样不见了踪影。

倒是窗外葱葱郁郁的青藤，会不时牵引起夏果漫漫的思绪。她因

明明在喜欢你之前过的很好。

——李宫俊的诗

此开始怀念起家乡楼旁窗外的青藤，想起那藏在藤蔓背后的绳索、滑轮以及和少年深深浓浓的心意。那些过往啊，总是甜美又哀伤，就像他曾送于她口中的糖，*丝丝*滑滑地融化时，温暖了一个人的记忆，又不知冰凉了谁的心房。

时光流逝，夏果原本以为可以淡忘范思哲，最后却发现，自己没那么厉害。

情人节，当范思哲再次出现在楼下，托人将表白爱意的99朵含露玫瑰送到夏果手上，她还是忍不住湿了眼眶。等情绪稍稍平复，她走上阳台，对楼下的范思哲轻轻挥了挥手。

前嫌尽释，只是那时，夏果已经成了大四生，大学时代即将结束。

默默等待未来到来

只要有招聘会，夏果都会认真准备，欣然奔赴。无奈出身三流院校，总会被更有竞争力的人挤退。在经历了一次次打击后，夏果再也没多少信心，只好听从丁一鸣的建议，到他的书店帮忙。

彼时，丁一鸣早已将他的报刊亭搬进了宽敞明亮的街边店，经营范围也从报刊拓展到教辅、影像制品等，加之处于两所高校交界地段，生意竟出奇地好。

丁一鸣很照顾夏果，只让她负责收银，还不时买了吃食和衣服来充当福利给她。夏果心底因择业不成而萌生的失落和郁闷渐渐烟消云散，觉得眼下的生活其实也不赖。

范思哲眼见夏果和丁一鸣走得过于亲近，自个儿内心先焦灼起来。某次得空，他特意约夏果去吃肯德基，把蛋挞、薯条等一堆食物都解决干净后，范思哲吸吮着杯中的冰激凌，对夏果讲："我让爸爸在通远为你谋了份工作，薪水福利都蛮不错，要不你先去那边发展？"

夏果笑笑："我觉得绿城好，还是先留在这里吧！"

范思哲撇撇嘴角，没再说什么，只是将目光投向窗外穿梭的人群。夏果默默望着他，某一瞬间，竟觉得自己和范思哲已不再如往昔那么熟悉。

那之后，大抵是范思哲步入大四的缘故，他来找夏果的次数明显少了。虽然每次，夏果都能从范思哲的眼中读到深浓的情意。

隔着万水千山的幸福

范思哲终于毕业了，夏果拖着行李去找他，他却已乘了前夜的飞机回家。

我爱你，安安静静对待你；我爱你，轰轰烈烈在心里。

——李宫俊的诗

夏果想再回到丁一鸣的书店去，可一想到她准备去找范思哲时丁一鸣难掩忧伤的眼神，心里就怯怯地不知如何应对。这么多年来，夏果并不是感受不到丁一鸣的爱，只是她觉得自己和范思哲在一起可能会更美好，所以，她只能选择和丁一鸣做朋友，而不敢再有所僭越。

　　回家乡小城也不好意思面对父母含辛茹苦的培育，夏果只得咬咬牙，抱着最后一线希望，去通远找范思哲。

　　长途的火车旅行带给夏果一身的疲惫，当她费尽周折地找到范思哲，目睹到的，却是一场奢华的婚礼。伴着庄重的乐音，悠长的清一色宝马车队从远处缓缓驶来。范思哲和新娘一下车，立即被众多的宾客亲朋簇拥住，祝福紧接着满天满地地飘洒而下。独剩下夏果，无语地站在人群背后，望着范思哲已然有些陌生的脸，心碎了一地，却欲哭无泪。

　　范思哲也似乎向夏果所在的方向张望了一眼，甚至还看见了她，但那眼神只是一刹，就又转移到了他身边的佳人身上。夏果听闻，范思哲的新娘是某集团总裁的女儿，家境极其优渥。再细看她的芳容，果真漂亮至极。

　　"呵呵，怪不得呢。"夏果自嘲。原来，她不过是偶尔得到王子眷顾的灰姑娘，从来没有拥有过一只像样的水晶鞋，又有什么资本希冀王子能带给自己无限美好的未来？

带着痴人做梦后的失落，夏果毫无目的地走在通远凉风弥漫的街道。不想停，于是长久地走下去，直到高跟鞋磨破了脚，流出血来。她坐在花坛边，望着模样幸福的情侣，终于忍不住抽噎起来。

许久，她拨通了丁一鸣的电话。不知怎样诉说心底的伤痛，只好嘤嘤低泣。

丁一鸣感知到了夏果的不对劲，在电话那头焦急地催问夏果究竟是怎么了，却一直没有等到回答。很快，丁一鸣就下定决心，叮嘱夏果好好在原地待着，说自己很快会来找她。

夏果嘴角上扬一下，挂了电话。而后，她去火车站，登上了回家乡小城的火车。虽然无法给家人满意的交代，但至少家人会理解她，包容她。而她，也可以先在家乡做份自己不甚喜欢、却仍能胜任的工作，顺便，耐心地等待一个人，穿过幽深的岁月来爱自己。

如果有一天，你不知何故阴差阳错地梦到了我，请记得，我是爱你的。

——李宫俊的诗

/// 潘多拉的青春接力

传说站在山顶上大声喊出自己想对爱人说的话，可以让彼此的心靠得更近，永远也不会分开。

引　彼得·潘以及潘多拉的盒子

《彼得·潘》里的潘有一个盒子。它用来储存那些难忘的时光，因为彼得·潘从来没有想过要长大。童话中的潘是那样的感性，伤害了那么多爱他的人，也帮助了那么多他爱的人。希腊神话中，潘多拉禁不住好奇心的驱使，打开了作为自己嫁妆的盒子，结果衰老、辛劳、痛苦、罪恶和肮脏都飞了出来，祸害人间。而只有希望，被紧紧地关在盒子里，不能出来。现在的我们，都是彼得·潘，希望青春的美好时光能够永远停留，希望我们是童话里的王子和公主，拥有漂亮的白马和水晶鞋。现在的我们，在繁复的生活里，都抱着希望，希望自己许下的心愿能够实现，希望自己耳边能够充满甜言蜜语，希望自己生活在一场美好的没有尽头的梦里面，再也不醒来……

其实，我们是别处的彼得·潘，抱着希望的盒子，在青春的路上寻找我们自己的幸福。

妖精，你这个重色轻友的家伙

收到雪薇短信的时候，我正在专心致志地看着坐在前面的慕雨轩的侧脸。阳光从高大的窗户外边照进来，打在他的身上，他的脸和发丝上便有些浅浅的金色微微跳跃。我看见他懒懒地伸了伸腰，然后拿左手支起自己尖得有些像猴的下巴，抬起头在那里听数学老师讲公式定理。就在我盯着慕雨轩发呆的时候，死党雪薇的短信来了，打断我美好的想象。

我站起来："老师，我生病了，要去医院，我妈妈在校门口等我。"

老师微笑的脸马上冻结了，半晌之后，她发出一句话，"你怎么总是在我的课上生病啊？"

"没有，没有。老师，我本来体质就很差，经常去医院的。"我赶紧解释，担心在这个关键时刻她把我给"卡"住。

"那你去吧！回来后把我的作业补上。"

没有命中注定的结局，只有不够努力的过程。
——李宫俊的诗

我像获得了解放一样，屁颠屁颠地溜出了教室，奔向校门口。我的心情愉快得快要发疯，仿佛天上掉下了一大块金币，正砸在我的口袋里。

　　"喂，你要干什么？怎么对着人乱拍呢？"一个男生手里拖着相机，镜头对准我。我想起电视上常常出现的那些镜头，心想，这个男生也真够格的。

　　"同学，别误会。我只是照几张照片，参加学校的摄影大赛。你好，我叫叶子寒。"男生伸出了修长的右手。

　　我打量他，瘦削的脸棱角分明，眼神干净明澈，白色的T-shirt，牛仔裤，滑板鞋。我犹豫着伸出手来，"你好。"脸上稍稍有些发烫。

　　他微笑，嘴角轻微上扬，露出洁白的牙齿，"怎么不上课了？"

　　"哦，我去见我的同学，再见啊。"我的脑神经一下子没转过弯来，实话实说，然后不好意思地离开。

　　雪薇等在校门口，一见我，就扬起胳膊做出拥抱我的姿势，一边学着冯巩的声音说："紫夕，我想死你了。"我假装生气，冲着她的胳肢窝就是一拳，"你想当明星想疯了吧？！"

　　两个人抓着彼此的手，笑容明媚。笑声在春天温和的空气里传开去。

雁栖湖公园，我和雪薇常来的地方。惠风和畅，莺歌燕舞，花红柳绿。

坐在湖边的石凳上，雪薇忽然像发现了不明飞行物似的说："紫夕，我刚才在校园的路上碰见一个叫叶子寒的男生，好帅气啊！"

"还是说说你和你的那个他吧！"

"没什么好说的，就俩字，分了。我看那个叶子寒还是蛮英俊的嘛，你认识不认识他？"

"我也在刚才的路上碰见他了，人不错，属于你心中的骑着白马的王子。"

"那咱们回去吧！说不定他还在那里呢，我们可以制造一个机会抓住帅哥叶子寒的。"

我嘟起嘴，"好啊，妖精，你这个重色轻友的家伙！"我追着她打，"我们刚来你就让我们走，你还有没有良心啊！"

雪薇冲出去老远，"相信我，一切都会有的。因为我是青春巨无霸美少女，神呐，赐予我力量吧！"

哦，你是雪薇吧？我在旁边傻傻地笑

雪薇想制造的奇遇并没有成功。因为她拉着我的手冲回去的时

我主动点没关系，只要你心里有我。
——李宫俊的诗

候，叶子寒已经不见了，地上只留下一个装胶片的空盒子。

雪薇捡起来，端详许久，说："呵呵，虽然我没有遇到你，但是，你终究是给我留下了希望的。"

我在旁边发呆，雪薇其实也和我一样，都在时时刻刻抱着希望，找寻心目中的梦想。只是她的方式外显，而我表现淡然。

"紫夕，我上次在这里，他注视了我很久呢。那天，他定定地站在道路中间，端着相机，这条大路在他身后伸展开，树影落下来，他整个看上去就是，哎呀，总之是他太个性了。那一刻，让我偷偷地喜欢上了他。"在我面前，雪薇总是显得肆无忌惮。

我在一旁笑，"你这个为爱痴狂的傻女！"

让人想不到的是，我竟然在一个下午接到叶子寒的电话。他在电话那头说："雪薇，你好，我是叶子寒，我的摄影作品获奖了，想请你们吃饭。"

怎么会叫错我的名字？我皱着眉头，"噢，好的，我会叫上我的死党紫夕的，你做好被宰的准备啊！"

他在那头浅笑，"好的好的。"

我和雪薇到达的时候，叶子寒已经等在那里了。我们走过去，叶子寒赶紧站起来，"你们好，请坐。"

我们坐下来。叶子寒看着我，"哦，你，你叫雪薇吧？"我在一旁傻傻地笑，然后指指坐在我旁边的雪薇，"这位才是大名鼎鼎的雪薇，我叫紫夕。"

"不好意思，记错了。"叶子寒道起歉来。

雪薇在旁边拿胳膊用劲捣我，"你怎么可以这样介绍人家嘛！"妖精在男生面前的表现总是那么到位，楚楚动人，可爱至极。

在等菜上来之前，叶子寒拿出了上次拍摄的那些照片，分成两沓，递给我和雪薇，"你们看看，要不是你们在镜头里，这次还不一定拿奖呢。非常谢谢你们，紫夕，还有雪薇。谢谢。"

"叶子寒，你的哪张照片获奖了啊？"雪薇在旁边轻轻问道。

叶子寒走过来，翻了几下，"嗯，就是这张，上面有你的。"叶子寒望了望我。

我不好意思地低下头。说就说呗，干嘛拿那样的眼神看我嘛！

雪薇忽然沉默了，我感觉得到。

"哎，雪薇，你看，其实有你的这张和我的那张差不多，甚至你的还要好呢。"我赶紧安慰雪薇。

"是啊，不过，也，挺，挺好看的。"雪薇没有想到她的表现会被看出来，说话有些紧张。

看电影会哭，不是因为感动，而是看到了当初的我们。
——李宫俊的诗

"雪薇的这张我觉得光圈放得特别好，你看，这一圈淡淡的，多像虚幻世界里的梦境啊！"叶子寒也说道。

……

回家的时候，雪薇还有些闷闷不乐的样子，我说："雪薇，你发现没？叶子寒人家挺会关心人的，如果你成了他的女一号，那你肯定幸福的要死掉了！"

"可能吧！"雪薇轻声叹气，"不过，我发现他还是对你比较有感觉。"

"你胡说什么呢？"原来叶子寒那厮的表现都被我们看在眼底了。

慕雨轩，你是我心中的日月

慕雨轩在大家的眼中，始终是充满活力和阳光，并且各个方面都很优秀的乖孩子。乖孩子自然是惹人喜欢的，所以，慕雨轩的行动总会被许多人关注，尤其是女生，走在路上回头率可以达到百分之三百。这个数字是我默默地跟随慕雨轩无数次后的经验总结。所以，在他面前，我只有表现得与众不同才好。

一天，听说慕雨轩要带领我们班和邻班进行一场足球比赛，我便开始我的行动。当天，我穿上自己最富有活力的运动衫，抱着两瓶农夫山泉，在操场边上又喊又叫。尽管慕雨轩做出的动作并没有什么值得喝彩之处。旁边的许多人向我投来奇异的目光，我依然如故。为了慕雨轩，这些，我不在乎。

雪薇就是在我高声为慕雨轩喊叫的时候到来的，她拿手里的凉帽遮住了我的眼睛，我急躁地把它甩开，继续喊叫，也不管雪薇在旁边叽叽喳喳地说她的叶子寒。

"喂，那位就是慕雨轩吧？"雪薇指着刚刚踢进了球的慕雨轩。

"啊，是啊。"我跳跃着，为慕雨轩鼓掌叫好，手掌拍麻了也不去管它。

"呵呵，这小子也不错嘛！人帅气得像我的ANDY！"雪薇在旁边也大呼小叫，渐渐进入状态，声音也渐渐超过了我的。我只得像霜打的茄子，在旁边盼望别的时机，希望可以让慕雨轩注意到我。我在心里一遍一遍地说，慕雨轩，你是我心中的日月，你要是注意不到我，我从此以后再也不为你如此卖命了！

等到我已经脚底发麻的时候，足球赛也终于结束。慕雨轩高兴地朝我这边走来。我微微笑，把嘴角上扬的角度把握到最好。

"呵呵，慕雨轩，你真棒！来，喝水！"我把手里的农夫山泉递给他。

不是说出来的"我爱你"都有意思。但我知道，说不出的"我爱你"都是遗憾。
——李宫俊的诗

"谢谢啊，紫夕。"慕雨轩一边擦脸上的汗水，一边微笑。明亮的阳光在他的脸上留下分明的界限。

"呵呵，慕雨轩，足球功力不错嘛，什么时候教我学学啊？"我刚要说"不用谢"，雪薇抢在了我之前。刚刚见过叶子寒的时候，我介绍他们认识。

"什么时候都可以，哈哈，只要你乐意学。"慕雨轩这个乖孩子对人总是这样爽快。

"那现在我就想学。"雪薇的气势有些咄咄逼人。

"那好啊，我先来教你颠球吧！"说完，慕雨轩把农夫山泉往雪薇手里一塞，在原地颠起球来。两个人高兴地说笑着，留下我在旁边吹冷空气。那一刻，我真真切切地明白什么叫做刺痛。

就在我郁闷的当儿，叶子寒出现在我的身边。"紫夕，怎么，在这里当灯泡照亮别人消耗自己呢？"

我心情倍儿不爽，拿眼睛瞪他，"你能不能闭上你的乌鸦嘴？"

"好，好。不过我先要告诉你个秘密。"叶子寒神秘得像是电影里的那些黑衣人。

我把耳朵凑过去，"你说吧，我听着呢。"

"以后你要注意，不要再做灯泡啦。雪薇人家已经是慕雨轩甜蜜城堡里的公主啦！"

暂且不去管它甜蜜城堡是个什么东东，单就这个公主，已经让我的心如钢刀剜割一般。

"我走了。"操场上的叶子寒、雪薇和慕雨轩被我抛在身后。我本将心向明月，奈何明月照沟渠啊！

站在世界的顶端说我爱你

从那天叶子寒和我说了那些话以后，我的心情DOWN（失落）到了最低点。整天一个人闷闷不乐地在教室、食堂、图书馆和网吧之间穿梭，目光呆滞，像是一条迷失在深海里的热带鱼。

可是，我的运气太差了。竟然在食堂吃饭的时候遇见雪薇和慕雨轩。之前我没有发现他们。待发现时，已经不好意思再走动了。于是，我眼睁睁地看着他们为我上演一场情侣共享晚餐的浪漫情景：慕雨轩夹一块雪薇喜欢的酸汤鱼喂她。雪薇不吃，反夹过来喂给慕雨轩，慕雨轩微微笑着，咀嚼、吞咽，很愉快的样子。

面前的食物对我来说一点味道也没有，但是，我只能被动地待在那里，等待他们离开。许久，我终于从压抑中解脱出来。

我去网吧。在网海的另一端，或许有人可以倾听一下我内心的痛

情绪如行李，安然待整理。
——李宫俊的诗

楚。我登上QQ，没有什么人。真想对着这个世界大喊，我紫夕到底撞到什么霉气鬼了？无聊，把QQ上的人一遍一遍地看，希望有人能忽然上线，和我说话。

终于听到有人上线的声音，点开好友组，却是慕雨轩。头像还在那里一闪一闪。我看见他的签名：王子公主的甜蜜城堡。后面是一串地址。上次叶子寒对我说的，应该就是这个了。

我该不该打开它呢？我在犹豫。我不知道等待我的会是什么。最终，我决定看看它。

是慕雨轩的BLOG。

我慢慢浏览，一篇《站在世界顶端说我爱你》的博文吸引了我。我读下去。

不知道她知不知道，我在这里为她和我建立了一个城堡。在闲暇的时刻，我可以把我的甜言蜜语，轻轻说给她听。她是那样一个与众不同的女孩子，有着水藻一般的头发，深不见底的眼睛，说话不拘一格，没心没肺，是我喜欢的风格。在操场见到她，她也是如此的表现。这完全打破了第一次见我时的羞涩，我希望她在我面前永远都是这个样子。她可以趴在我的胳膊上睡觉而给我的皮肤上留下一摊又一摊的口水，可以在我郁闷的时候笑得肆无忌惮，可以让我等她两个小时而她说这是她最小的波动范围，可以对着我唱歌而让眼泪没有任何预兆地流下来……真的，感觉很幸福。

传说站在山顶上大声喊出自己想对爱人说的话，可以让彼此的心靠得更近，永远也不会分开。那么，我想做的事是站在世界的顶端对我亲爱的她喊：我——爱——你——

我知道，符合这个条件的女孩只有雪薇。这个妖精一样的女孩子，终于找到了自己想要的幸福。对着屏幕，我的眼泪渗了出来，打湿了键盘和手背。慕雨轩，我和你，再也没有机会出现交集了。我渴望和期待了那么久的甜蜜终于还是离我远去了，不可挽留。那么，我只能对你和我的死党雪薇说一声，一定要比我幸福！

慕雨轩，再见。尽管我们没有开始，就早已结束。

心房的十字路口，这边风景更好

明白了一切之后，我对叶子寒倒是可以冷静面对了。叶子寒在我的面前，总是那种气定神闲天下舍我其谁的样子。但是，我只能淡然处之。我不想因为他的面面俱到的关心，就答应他的要求。感情从来就不是一个人的事，在一些事情的背后，我们才能发现。

妖精雪薇在和我分开了好久以后才来找我。看见她一脸花开的样子，我故意打击她。

你是我的岁月如歌，在某些其貌不扬的角落。

——李宫俊的诗

"喂，你这个没有心肝的家伙。你怎么把叶子寒会扔下不管呢？你看人家，这几天都成郁闷男了。"

"谁说的啊？我怎么没发现？老实交代，是不是你把那小子给征服了？"

"我是谁啊？能征服他，笑话。"我大笑。

"我看见你这几天气色不好，是不是受什么打击了？不过，你一定要赶快找到你的王子，那样，你就不会这么无聊这么相思这么六神无主了。"

我微笑。我找到的王子都没有白马，多落拓啊！

"哎，对了。紫夕，你觉得慕雨轩和叶子寒两个人里面，谁更加符合美男标准呢？"

"喂，告诉你，恋爱不是选美大赛。"我也不知道该怎么对雪薇说。

"我呀，现在身陷十字路口。向左，叶子寒；向右，慕雨轩；向前，是我的青春哗哗流淌。紫夕，你就帮帮我吧！"妖精开始缠人了。

"我真的不知道啊。你看吧，你觉得谁对你更好，你更喜欢他一点，你就选谁。"我随便说出这些话来。

"呵呵，其实，我还是觉得慕雨轩要比叶子寒强那么一点点，所以，我向右转，这边风景更好。从此以后，我要对慕雨轩百依百顺，做他的贴心小棉袄！"

"你真的成恋爱狂了。"看见雪薇傻傻的样子，我没好气地说。

那些花儿，迎风微笑的脸何时展开

慕雨轩和雪薇的幸福让我看见了生活的美好在时光的湖面上激荡起的圈圈涟漪。许多时候，他们在一起快乐，像是小鸟一样，叽叽喳喳，活蹦乱跳。上课的时候，我不再对慕雨轩的侧脸怀念得不行。我只是偶尔抬起头来，看见乖孩子在温暖柔和的阳光里微微皱眉，思考问题的恬静样子。顺便怀念一下曾经还没来得及开始就已经结束的那段时光里我的心情，慕雨轩的一举一动。然后继续听老师讲抛物线的运动轨迹。

无所事事的时候，我就一个人去雁栖湖边。在叶儿繁茂不见花朵的桂花树下，听江美琪《那年的情书》和范玮琪的《那些花儿》，一遍一遍。这两个女子的甜美声音让我感觉到青春的明媚和忧伤，美丽与哀愁。手上大把大把的青春，就这样，在时间的流淌里消逝不见。而我们，却还抱着一些希望和期待，傻傻地等下去。等待花开时节王子牵着我们的手徜徉在蓝天碧水的美景里，等待我们能够永远地在一

两人并坐，一场电影，不在乎剧情，只在乎两个人的时光。
　　　　　　　　　　　　　　　　　　　　——李宫俊的诗

起，同听日月唱首歌。

只是，你看，都七月了，那些桂花树还没有开花，散发它最浓郁的芳香。对着那些细小的叶子和树缝里零星的阳光，我忽然感觉到心伤。难道在自然界里，一些花木，也有它们的失意吗？

一次无意间，竟然在湖边遇到叶子寒。相比以前，他在我面前放松多了，很自然的感觉。我对着他的脸，"子寒，你看，别的花都开过或者正开着，这桂花树怎么这么无动于衷呢？"我的语气里掩饰不住地流露出淡淡的感伤。

"紫夕，所有的事情，并不如我们想象的那样美好。你要知道，桂花总有一天会开的，这只是时间长短的问题。就像我们，现在或许有些不开心，但是总会有一天，我们会遇到我们的幸福，势不可当。对生活，我们只要抱着希望就好。"

我嘴角微微上扬，"是啊！我们都是那些还未开的花，等到花开的时节，幸福就会停留在我们的掌心。"

从叶子寒的发梢间，我看见大片大片的阳光溢散下来，一片明亮。

我们都是好孩子，最最善良的孩子

天高气爽。学校的秋季运动会。

对运动不怎么热衷的我坐在看台上，一边翻阅闲散的心情散文，一边注视操场上的动向。看到美妙的文字，我轻轻微笑；看到比赛的精彩，我噼里啪啦地鼓掌。以自己喜欢的方式生活，日子也美好得泛起层层浪花。

　　雪薇就是在我高兴的时候，从后面蒙住了我的眼睛。"你猜我是谁？"她用假假的嗓音想迷混我的耳朵。

　　"妖精，呵呵，小妖精。"我叫她的外号，感觉很亲切。

　　她蹦出来，坐在我旁边，把脑袋靠在我的肩膀上。"喂，你说，我们是不是可以为彼此两肋插刀生死相托的铁姐们？"

　　"嗯哼。"我笑着，想这小妮子怎么会忽然问这样的话呢？

　　"呵呵，那就好。哦，你看，慕雨轩的接力赛开始了。对了，还有那个叶子寒。"雪薇用手指着远处。

　　我看过去，慕雨轩和叶子寒已经在起跑线上做好跑前的准备动作。一声哨响，几个健儿都以最快的速度向下一位接棒者冲刺。我便开始大声喊叫，"叶子寒，加油。慕雨轩，加油！"

　　等他们两个都把接力棒传递到别人手里，我才停下来。也才发现雪薇刚才在我旁边一声也没吱。"喂，你怎么了，也不为你的慕雨轩加个油？"

只想去深爱，无意去伤害。
——李宫俊的诗

雪薇抬起头来，嘴微微噘着，慢吞吞地说："紫夕，你老实说，你是不是很恨我？我把你的慕雨轩给抢了。"

　　"你傻啊？"我抚摸她的头，"我怎么会恨你呢？难道，我这姐们儿就那么不够意思？"

　　"没有。我现在才知道你以前喜欢慕雨轩。"

　　"呵呵，什么啊。那是传言，不足为信。我们只是普通朋友而已。"

　　"真的吗？那就好。"雪薇还是和以前一样，对我的话一如既往地相信，从不怀疑。

　　我微笑着点头。

　　是啊！雪薇，你知道吗？青春就是一场接力，我们的故事上演了，落幕了，开始了，结束了。我们快乐着，感伤着，也渐渐地成长着。在疼痛的成长中，我们学会了对别人和自己好，学会了宽容，学会了等待。就像叶子寒说的那样，桂花树在风吹雨打里学会了忍耐、包容和勇气，才会在之后的开放中散发浓香。我们不也一样吗？

　　我们都是那个在NEVER LAND（梦幻岛）上生活的彼得·潘，不希望自己长大。可是，我们生活在现实中。现实世界有现实世界的规则，我们无力也无法抗拒。所以，就让我们都拥有一个像潘多拉那样的盒子吧！我们可以对着它诉说心事，可以对它保持期待，也可以把它当作生活中驱散乌云和雨水的阳光，用来照亮我们的青春。

其实，潘多拉的盒子，只是我们这群最最善良的孩子们的梦想而已。

如果有人告诉你他很喜欢一首歌，那首歌的歌词是给你的。

——李宫俊的诗

/// 青春有幸遇见你

女孩外形再不精彩，都不妨碍她成长为好姑娘；男生不好看没关系，因为魅力只关乎印象，而好的印象，可以被创造。

高中时代，在午休时间或晚自修前，总能听见学校的广播响起。广播站有一男一女两个主播，我莫名地喜欢上那个男声。后来得知，那男声的主人，叫林小城。

为何会喜欢他，是因为他声音很糯，他娓娓道来的故事中夹杂的青春气息，还是他选配的歌曲正中下怀？我想过很多次，却仍旧说不清为什么。

就像青春期的一场恋慕，只要觉得喜欢，就悄然放在心底，不去追问缘由。以致当其他同学挑剔林小城播音时的絮叨，或者说他声音难听，我总会莫名生气，向他们投去不屑的眼神，抑或是，冲上前同他们争吵。

而他们往往用几句话，就让斗志昂扬的我瞬间蔫了下去。那句话是："你不服气吗？你知不知道他的缺点和你的雀斑一样多？"

在他们得意的笑声里，我常会飞奔回座位，将头深深埋下去，陷入沉默。是的，我有很多雀斑，并常常像那样被其他同学揶揄。那时的我，已经越来越自卑和孤单。

所以我经常是独来独往一个人：一个人吃饭，一个人在校园里漫步，也一个人看书写信，在僻静的角落跟自己对话谈心。

而那些时间里，我总能邂逅林小城。他一如既往地用磁性的声音，讲述他心之海洋的每一朵似浪花的故事，说着他的感悟，偶尔还有生活的点滴。而我也是在入迷的倾听中，获得心灵的抚慰，还有深深浅浅的感受。

就是那些充满青春和成长的酸涩甜美，让我深深地迷恋和依赖。时间一久，我想探看林小城"庐山真面目"的愿望也发酵得越来越强烈。

但想到自己长满雀斑的脸，我还是在主动去见他之前退缩了，并且求其次地选择了在校广播站播音室的门口，偷看他播音的场景。

他戴着大大的耳机，右手不时操作设备，左手则翻阅着提纲或材料，只是他最多的注意力，还是集中在面前的话筒上。他尽力让自己的声音低沉，富有感染力。

海与天看起来相隔不远，可是它们却永远不会在一起。
——李宫俊的诗

播音时的林小城很专注，也极具吸引力，我看着他，觉得一切那么美好。他就是用这种方式，让他的声音传遍了整个校园。蓦然听见他跟全校师生说再见，我打了一个激灵，立马拔腿准备逃走，他却飞快跑出来："嗨，你等一下！"

原来，他早发现我了。我极力掩饰着心中惊慌，回头冲他微笑。他也笑起来，我便看见了他像夜晚繁星一样稠密的青春痘。

和他并肩走在葱郁的校园里，我总是刻意低着头，唯恐他多看一眼我密密麻麻的雀斑，而他似乎并不在意，只是昂着头与我说笑，全然不顾他蓬勃的青春痘……

第二天的广播里，林小城聊了雀斑和青春痘等影响"面子"的问题。最后，他说了句十分温暖的话："女孩外形再不精彩，都不妨碍她成长为好姑娘；男生不好看没关系，因为魅力只关乎印象，而好的印象，可以被创造。"

那句话，让我长久以来的自卑一下子找到了出口，也让我明白了他在校园里意气风发的自信从何而来。只是我根本没有想到，林小城竟然会约我去他的播音室。

我坐在一旁，安静看他播音。他布满青春痘的侧脸因为专注，愈加美好动人。他张合的双唇轻轻动着，却也充满了吸引力，让人不自觉地，就陷入了某种情绪。

播完音后，林小城顺手拉开手边的抽屉，让我看听众写给他的信。各种风格不同的笔迹，写着他们对他的恋慕和喜欢，而他笑着解释："其实，骂我的同学也不少，只不过，这些美好的鼓励，就足以让我觉得温暖和幸福了。"

而我，同样渴望被其他同学认可。那么，我是否也可以同林小城一样，用声音，给那些正成长的心灵带去滋润和呵护？当我试探着问林小城，他竟爽快答应了我！

我的播音生涯在林小城的悉心指导下，开始了。渐渐，我也开始被一小撮同学喜欢。到后来，对播音的喜欢更甚，以至于填报高考志愿，我没怎么犹豫就选择了广播播音系。

毕业后，班上同学告诉我，林小城当时是暗恋我，才肯让我加入广播站，而我却笑而不语。我承认，那些年里，我恋慕过他，他也给过我悸动，让那段青春变得无比美好。当然，他也用他的热心，教会了我如何悦纳自己，并勇敢去改变糟糕的现实。

直到现在，我都没有忘记林小城，没有忘记他曾长满青春痘却无比熟悉的脸。若能再遇见，我想对他说："林小城，谢谢你出现在我的青春，让我有幸，找到更完美的自己。"

尽我所能，爱你所有。
——李宫俊的诗

/// 时光暖流拂过青春之境

现在，他却只想好好生活，做个主导生活的英雄。

青春联盟三友社横空出世

当初我们约定好，不能将结拜之事公之于众。但为了证明过去十多年时间里我们的亲密无间，我还是决定背叛联盟一回。再说，大喇叭三三早就将我们结拜的事透露给他女友，还信誓旦旦地说绝对保密。鬼才相信他呢。

我们仨的联盟叫"三友社"，是三三的想法。当时我和胶皮推举他当老大，他便站在花园墙上，颇有领导风范地高声说："胶皮，小珊，联盟只有我们三个，叫三友社再合适不过。记住，我们可是永远的哥们哦！"

胶皮却抓着脑门反诘，"三三，叫三友社太俗，没一点营养。"我挥手赞同。

三三从矮墙上跳下来，摸摸我的头，又拍拍胶皮的肩，说："你们知道有些小孩为什么一出生就叫小猫小狗吗？那是因为俗贱的名字寿命长久。"闻此，我和胶皮顿时无话可说。三三却又早从花圃边拔下三根芨芨草，分给我们，说："现在举行结拜仪式。这是我们共同的秘密，日后谁要说出去，谁就是叛徒！"

　　于是我们在花园墙外的土堆前跪成一排，口中默默念叨着虽不能同年同月同日生，但愿同年同月同日死之类。之后又按年纪分了排行，一起磕头盟誓。当时我的心里其实是充满矛盾的，我不知道将自己卷进两个男孩子中间，会有什么结果。

　　我更不想做老三，为什么女孩子就该排最后？可我说不过胶皮和三三，只得不情愿地喊他们大哥、二哥，然后接着玩怎么也不会厌倦的游戏。

挨打是练就英雄的必经阶段

　　胶皮常常因为贪玩，不做作业，而挨父母的打，也因此不怎么喜欢待在家。他喜欢独自一人去河边，江水很大，父母老师一再叮嘱不能去，可他却不做任何理会。很多次，我和三三去找他，只见他呆坐在岸边，对着渺茫的水天愣神，表情里有着那个年纪不该有的忧郁。

　　我们凑过去，他会飞快擦眼睛，然后露出笑容，问我和三三来做什么。于是三三扯着大嗓门，将他带我去花丛里捉蝴蝶的事滔滔不绝地讲给他。胶皮听着微笑，却仍旧难掩落寞。我挤眼睛暗示，三三会意，停下来，而后三人陷入长久沉默。

江面上，汽艇飞快滑过，将一江的酡红色夕阳击碎。

最终还是三三开口，"胶皮，那天我和清流街的死胖子交了一回火。那小子真胖，胳膊有我的腰粗。我撞他，他却像泰山纹丝不动，结果我被他打得狼狈为奸。"说着，他抹起裤腿，让我和胶皮看他的伤口。

"是狼狈不堪，"我纠正三三的同时，看见许多形状怪异的伤口像一条条虫子爬在他的皮肤上。心口忽然有些疼，我忍不住皱着眉问三三，"你以后可以不找别人打架吗？"

三三并不立即回应我，而是跃到水边，对着江面大喊，"挨打是造就英雄的必经阶段！"说完，他转脸对着身后的我和胶皮微笑。夕阳醉红，映着少年无邪的脸，像一帧美丽的剪影。

太阳照在三个和尚

三三的学习差劲到众所周知。每每老师提问，胶皮和我总要为他捏把汗。记得一次语文老师问三三，"丁玲的代表作是什么？"他顿时脸红，低头向不远处的我求救。我费了好大劲儿告诉他，他终于听见，然后朗声答道："太阳照在三个和尚。"

教室里顿时笑得翻江倒海，老师只得罚他站教室门口。

下课后三三就不见了。我们疯狂地找遍校园的各个角落，也不曾发现他。

后来三三自己回来。他笑着说："小珊，我去教训欺负你的坏小子了，揍了他一顿。"

他说的坏小子是林生。林生住我家楼上，每天我午休时，他总用绳子坠了大铃铛将我吵醒。然后让我和他喊话玩儿。我不理睬，他就用力摇，吵得我睡不着觉。那天我只随便跟三三和胶皮倒倒苦水，三三却当真了。

胶皮忽然卡住三三的脖颈，发狠地说："三三，以后这样的事情记得叫上我！"

三三连忙求饶，"好的，好的。"却不料一脚绊在马路牙子上，和胶皮同时跌倒。

"这次是真正的狼狈不堪了！"三三嬉闹着强调。

"还太阳照着三个和尚呢。"胶皮讥笑着三三，顺势抬头看明亮的太阳。心内怀着几丝感激的我才发现当时的万里碧空没有一丝云彩。

我给你一个机会，向我表白。如果你不好好把握，我再给你一个。
——李宫俊的诗

早起的虫儿被鸟吃

初二初三，青春痘开始像雨后春笋在我们的脸上蓬勃生长。那时的三三已人高马大，胶皮也日渐有清俊之气。他们都变得有些坏，比如大哥总喜欢叫胶皮"老二"，他们也会形容我是西施，我自知远不及，倒过来打他们，嫌他们故意捉弄我，却总是抓不到他们。

三三让我为他牵过无数次红线，甚至还一次次将他的情书交给我转交。情书送到女生手中，她们看了，却丝毫不为所动。我追问原因，她们却抛来冷冷的一句，"我可不想做尼姑！"

为此，胶皮和我常常取笑三三，他却开始有些郁郁寡欢——"和尚"事件的根深蒂固是他始料不及的。

两位哥哥也会为我物色帅哥，却全不入我的法眼。我觉得我年纪尚小，万事之中当以学业为重，而不是稀里糊涂地去喜欢谁。三三和胶皮却一致反对。

三三说："要这样的话，怎么可能谈成恋爱。"

胶皮更让人可气又可笑，"我仨彼此无比了解，要不你在我和三三中间任选一个。"

我顿时羞赧不已，不知如何回应。忽然想起当时流行的话，借过来，"早起的虫儿被鸟吃，我才不要因为早恋被老师树立为'典型'。"

心房却是暖暖的，像是沐浴在明媚阳光下的花朵，倏忽一下，全绽开了。

时光是怎样爬过我们的皮肤

转眼中考。再转眼，我们已在同一所高中不同的教室上课。胶皮和我在不同的重点班，三三在普通班，归结原因的时候三三说，是他当初把大多精力放在了谈恋爱上。

是，也不是。

高中生活比先前忙碌得多，加上各自的教室分布在不同的教学楼，相见的机会更少得可怜。忙里偷闲，我会写一些心情文字藏在抽屉里。胶皮的英语大有增进，被选拔去参加全国大赛，得了一等奖。而三三，也终于追到一个瘦高女孩。

一次我见到三三，要求见见她女朋友，却被他委婉拒绝。他说："小珊，她是以前你曾帮我追过的女孩，现在终于被我打动。"说时他眉飞色舞，带着几许得意。倒是我陷入迷糊，怎么转动脑筋的魔方也拼凑不出是哪个女生甘愿作"尼姑"。

高中毕业前夕，三友社成员聚会。三三迟到五分钟，被我和胶皮好一阵挖苦，说他重色轻友。他很欢乐地回应我们说他已经练成英雄，绝不会为这几句话折腰。我们又怂恿他讲讲和他女朋友的事，他

别说我不成熟，等到我成熟的那一天，我自己自然会从树上掉下来。
——李宫俊的诗

却忽然沉默。许久，才又闷闷地说："我们分手了。"

气氛变得有些压抑。胶皮反应过来，打破沉默："小珊，你要报考那所大学啊？"

"我很想去南方看看，不管那所大学，只要中文系就好。你呢？"

"我打算出国，去新西兰，呵呵。"

"好伟大的理想哦！"我夸张地说完，才发觉身边的三三一直低头沉默。忽然记起我和胶皮在成绩平平的三三面前不该如此张扬。"你呢，三三，有什么打算？"我和胶皮几乎是异口同声地询问。

"我尽可能考好，院校和专业再做选择。"说完，三三抬头看我们，眼中隐隐有泪。而后，三只斟满饮料的玻璃杯高高碰在一起，清脆响亮，却又带着几丝淡淡的惆怅。

散落天涯，我们只能勇敢坚强

8月底，我们各奔东西。胶皮飞抵新西兰，我南下，三三留在家乡读大专。彼此打了电话，都津津乐道着前程的美好和希望，对有些东西却只字不谈，那是藏在心底的忧伤。

联系依然有，却总归是感觉彼此有些远了，交集也不再如往日那么多。倒是回想过往的时候，各自话语繁多，充满眷眷情谊。三三透露说："小珊，我找到女朋友了。我告诉了她三友社以前的故事，她说当初的我们真可爱，尤其是结拜那会儿，傻得可以！"

"不是你站在花墙上要我们永远保守秘密的吗？"我嗔怪，一脸的严肃样儿。

"没有啊，呵呵，你知道我一直是大喇叭和尚的。"三三的话前后矛盾，却仍觉得贴心。

"对了，小珊，你有空写写我们三友社呗，高中写那么多心情也不写写它。"我笑着答应下来，是该为三友社写点什么了。又忽然从三三最后的话中捕捉到了什么信息，可电话已经忙音。

高中三年，我写的心情文字全部丢失。后来才从胶皮那里得知，是他和三三各自偷分了一半去，留作纪念。胶皮还说，他选择离开，只为远离父母的管教。现在，他却只想好好生活，做个主导生活的英雄。偶尔有我和三三的消息仍会无比欣喜，声音断断续续，甚至有些哽咽。胶皮一直比较孤单，他说的是心里话。

电话这头的我忍不住流下泪来。小小的我们都曾有过大大的梦想，好在，多年以后，我们还能颇有兴致地谈及那些相知相扶的时光，并试图长久地让它留驻在记忆里。"哎，说好要做个英雄的，我怎么又掉了眼泪，真丢脸！"

爱一个人就是这样，即使每天都见面，还是会想念。
——李宫俊的诗

至此，我终于将我们的故事用心叙述完，作为我们青春的纪念。三三、胶皮，你们收到的时候千万别对着信纸黯然神伤哦。从小屁孩到和尚再到英雄，三友社的我们都早已学会坚强，不是吗?

CHAPTER 2

和后来不曾相遇

⌁ 遇之所见 ⌁

　　如果绚丽的青春，要被时光冲淡成浅灰；如若美好的爱恋，要被距离疏远成平淡。

　　想来，时光该是个仪态万方的美人，才会在那段着色流年，让我迷恋上你。

　　初见已变得模糊，好像是繁花初盛的午后，你冲我跑来。衣角翻飞，发丝跳跃，笑容生动得若一朵花开。我惊喜又恍然，直到你举手在我眼前晃，我才醒过神。

　　零零碎碎聊了很多，让我只觉得青春里能够邂逅你，是无比幸运的事。而你大抵也有同样感受，于是我们心照不宣地，开始在恋爱的道路上飞奔。

　　某个夏日，我们去郊野，绿风吹起我的发，轻轻抽打在你脸庞，痒得你只笑；我们爬上古旧的城墙，在狭窄的垛口处迎风大喊对方的名字，绵延的山川传来悠远的回音；我们去湿地公园漫步，看远山近水凝露含烟，看白发垂髫悠然穿梭，看锦鲤秀鹅逡巡水面，而你趁我嗅丁香花之际，冷不丁吻我，满脸红霞……

青春里的那么多事，都是我们共同去完成，而不是单独的你，或我。也因为拥有彼此，我们的青春平添许多色彩。我越来越笃信，我们的爱恋，只配得上一个完美的结局。

虽然，我们的青春已经只剩下短短的兔尾。但只要心中住着彼此，又何尝不能让那份情持续到永远。为此，我准备了厚厚的一本影集，把记录着美好过往的照片统统装进去，又留出大部分，给我们的未来。

你要去绿城实习，我用能想到的关怀，将你的行囊塞得满满。你见了，轻弹我的鼻头笑我傻，我嘟着嘴，表现出不情愿的样子。你明朗地笑起来："等我回来吧，三个月，其实也很快的。"

除了偶尔的电话，让我记忆犹新的，是你邮寄给我包裹。当我激动着心打开，才发现是一只硕大的海贝。你说，每每在海边闲游，你总能听见潮水的澎湃。你希望我也能听到这属于自然界的动听旋律，感受到你耳膜的享受。

我端那枚贝壳在我耳际，细听，海浪的澎湃和海风的呢喃清晰可闻。我为你的用心动容，却忽略了你的归期已超限。等醒悟过来，却

不要试图去定义我的爱，因为你不会比我更了解这份情感。
——李宫俊的诗

又丧失了追问的勇气。后来你发来短信，我没再点开，犹疑许久，最终摁了删除。

如果绚丽的青春，要被时光冲淡成浅灰；如若美好的爱恋，要被距离疏远成平淡。那么，我宁愿最后的结局，不是我设想的那么完好，也没有实际中那么不堪。我宁愿时光就此漫漶，直到记忆中的那个你模糊到不可触。

就像我的青春里，关于你的越来越淡的回忆，关于我们的空白如纸的未来。

就像，我和你的，预料不到结局但确实令人动心的初见。

/// 触不到的樱花少年

如果有天他也喜欢她了，他是不是也会如此珍爱她，甚至不会轻易说出？

只因多看了一眼

电脑课上，林夕夏打开学校贴吧找樱花照片，第一眼就看到了那条最新发表的帖子。

轻轻点进去，心头立即涌起一阵狂喜。那是多美的画面啊，把镜头不断推向樱花的各种细节，然后适时变换角度，樱花在明媚阳光里盛放的姿态便展露无遗。

顺便留意了一下楼主信息：洛安年，男，爱好写作、摄影。

无独有偶，就在林夕夏觉得眼睛干涩，垂头欲养神的瞬间，她瞥见同桌正低头翻阅最新的校报，而校报上赫然印着洛安年的名字！没多想，林夕夏抽走了同桌手里的报纸。

报纸上的洛安年，正对着她清浅微笑，一颗小虎牙稍露出来，愈加显得他可爱无邪。林夕夏凝视着，竟傻傻笑了，样子要多花痴有多花痴。

有关洛安年的采访报道，林夕夏反反复复看了很多遍。她是那么想了解洛安年，心想，哪怕是记住他的一个招牌动作，也好。所以熄灯后，她仍捏开了手电筒，在被窝里研究。

舍友们都说林夕夏中了毒，林夕夏却不管不顾，心里只念叨着洛安年。除此之外，她的心里只惦记着缘分二字。她痴痴想，若不是她和洛安年有缘分，说不定，她林夕夏就不能一天两次碰触到他的信息，何况，她看一眼就喜欢上了他。

一个人的朝思暮想

樱花道上，有习习凉风拂过裙摆。心思是雨后的绵密草甸，让林夕夏不由觉得有些沉重。那是暗恋一个人的朝思暮想，是喜欢一个人的空茫无着。

樱花深处，有人正对着繁复花枝"咔嚓咔嚓"按快门。林夕夏忍不住猜想，那个人不会就是洛安年吧？想着想着，已经走出好远的身影又退回来，一次次打量那人。

少年很投入，安静凝视樱花的每个细节，并不断调整角度，力求寻找最能展现樱花特点的位置。手下的动作，也极干净利落。周边所有的喧闹，于他，形同虚设。

上课的预备铃已响过几分钟了，林夕夏仍未瞅见少年的面孔。她咬咬牙，索性逃了课。她要看清少年的容颜，好让自己鹿撞一般的心跳能安稳些。

初夏的阳光暖如蜜糖，林夕夏的额头上，不觉渗出了细密的汗珠。可是她乐意，所以把她晒黑点没关系，太阳一点点逼近西边远山也没啥大不了。她等待了这么久，无非就是要看清摄影少年的容颜。

直到太阳落山，四下光线暗淡，少年才开始收拾装备。林夕夏的心再一次小鹿乱撞一般狂跳，唯恐少年英气逼人的脸会让自己惊异得说不出一个字；也唯恐少年清澈如湖水的眼神，让她控制不住自己，轻易沉溺到不可自拔。

林夕夏急急地躲到了樱花树的背后，直到她听见少年的离歌一点点变得飘忽，才紧紧尾随过去。虽然仍没能看清他的面容，但好在，她记下了他的班级。

小秘密里的天长地久

"洛安年最喜欢摄影，尤其喜欢拍夏日的樱花。"这是几乎每个

唯有把记忆化成回忆，才能把一切安放在心里。
——李宫俊的诗

给林夕夏传递信息的同学，都会亲口告诉她的。

所以那日下午，在樱花林里拍了一下午照片的少年，就是洛安年吧。

林夕夏怀着悸动的心情，在查找框里输入了打听来的洛安年的QQ号码，一点，便看到了他的头像和信息，是无比文艺的图片和名字。她轻轻笑，继而点了右侧加号，把他加入到好友列表里。最后，她单列一个分组，只把他一个人，放进去。

那是林夕夏的秘密。那感觉，就像洛安年轻轻地，住进了她的心城。

进到他的空间的时候，林夕夏的心充满惊喜。12磅的小字日志，记录着他点滴的心情与感悟。林夕夏记起，洛安年曾在采访中说，他喜欢用文字记录成长。而相册里一张张充满光阴质感的照片，又让林夕夏想起洛安年摄影时的举动，那么专注，那么美。

只是，这文字与照片中都无樱花。是不是因为太过喜欢，便把一切深深藏在心房深处？那么，如果有天他也喜欢她了，他是不是也会如此珍爱她，甚至不会轻易说出？

林夕夏对着电脑，痴痴想着，想着，到最后竟然睡着了。甜甜的梦里，她与洛安年并肩走在樱花道上，阳光透过绯色花瓣照耀，打在他们脸上、身上，像场璀璨无比的梦。而少年洛安年的笑容，那么清澈，那么俊逸，极轻易，就撼动了她内心最柔软的角落。

若喜欢只是"你好吗"

林夕夏默默追随洛安年无数次，却始终没有上前叫住他的勇气。这就是张爱玲说过的那种喜欢吧。喜欢一个人，便把自己卑微到尘埃里，心底，却暗自开出一朵美丽花朵来。

无奈，林夕夏只好整日把QQ挂在手机上，等待洛安年上线。可是，每一天，每一天，他的头像都灰着，林夕夏的心情也便一天天烦闷着、忐忑着……

终于，某天，在林夕夏出神时，洛安年的头像亮了。林夕夏的心立马跟着悸动起来，她迫不及待地在对话框里输入一串字，却又删除。再输入，再删除，总觉得哪里不妥帖。最后，她便只发了三个字——"你好吗？"

那边很快就回过来："好。"

林夕夏的心跳得几乎不受控制了。她蓦地想起一句话：你若安好，便是晴天。洛安年说他好，那么天也就晴了，她的世界也就跟着一片明媚了。

洛安年发来一张图片，竟是林夕夏在盛放的樱花前亭亭站着，探

只因你美好，不因我缺少。
——李宫俊的诗

头轻嗅它们的芬芳的侧影。那张照片，光线那么柔美，取景那么花心思，让她整个人充满了文艺范儿。

"这只有洛安年能做到吧？"林夕夏暗自想着，心里已充满幸福感。这是她期待了许久的事。虽没来得及跟他讲，他却已悄悄为她做了。那得要多心有灵犀呀！

再低头看，洛安年的头像，却早已再次灰暗下去。

记忆里的刺青

放学后，林夕夏再次跑去追随洛安年。彼时，洛安年正在收拾书包。怕他察觉，她便如往常一样，安静地退回到楼道拐角，提着一颗心默默等待。

不想洛安年一出门，没有习惯性地朝楼道另一头走去，而是脚步轻快地朝林夕夏走过来。林夕夏顿时手足失措，只得硬着头皮红了脸，呆呆杵在原地。少年远远望见她，冲她吹个口哨，问了句"收到洛安年给你拍的照片了吗"，便走远了。

林夕夏快到嘴边的回答一时凝住不动了。眼前路过的少年，哪里是洛安年？洛安年有清浅的笑容，有可爱无邪的小虎牙，可是刚才的少年，只有自己无比熟悉的背影。

她压制住情绪波动，给洛安年班上最亲密的女生打电话，却听那边说："洛安年一个月前就转学走了，你不知道吗？他不是在临走前还把你的照片放在网上，说是要等你，跟你说一句他埋藏在心底许久的话吗……"

　　后面的话，林夕夏一个字都没听进去，她只是迎着夏日的风快速奔跑起来。裙裾伴着飘落的樱花，轻轻飞扬。眼泪簌簌滑落在衣衫上，留下大片印迹。她的心那么疼，那么痛。

　　原来，那段时光，只是她一个人的初恋，是她一个人的樱花如海，也是她一个人的孤单夏天。但那个叫洛安年的少年，她一直都没忘记。他像一道刺青，永远留在了她的记忆里，稍一触碰，就让她忍不住泪落如雨。

不要在意别人的眼光，除非她对你很重要。

——李宫俊的诗

/// 你在微笑，我却哭了

时光仿佛总喜欢跟人开玩笑。就像她的从前，和她不知道的后来。

1

"转到梅花路，循着烤面包的清香，很快，就能找到丢失的钱包。"

这是夏槿微发表在微博上，招领启事里的一句话。让她想不到的是，启事发出去不到半日，那个模样英俊、笑容灿烂的少年就探询着找上门来。

夏槿微远远看见少年，喜出望外之余有点小紧张。她是见过这个少年的，在照片上。当时，她在公园里看过山车"嗖嗖"冲过去，再冲过来，紧张到手心出汗。脖子酸困难忍，低头的瞬间，一只棕色的不明飞行物从高空逐渐由小变大，"啪"地落到了离她脚尖十厘米的地方。

她一愣怔，弯腰捡起那只钱包，打开，一张青春洋溢的面孔赫然映入眼帘。一时间，她神思有些恍惚，脑里只回荡起一句歌词：你笑得甜蜜蜜，好像花儿开在春风里。

　　此刻，少年已经走到她跟前，四下张望的同时不忘微笑。最后，他把目光移到夏槿微身上，试探着问："请问这里有人捡到了一只钱包吗？"

　　夏槿微捣蒜似的点头："对哦，就是这里，"却并不着急去里间拿取失物。她端起一盘定制有桃心的面包，摆在少年面前，一颗颗心全对准他。男生望着她的举动，仍旧极有风度地微笑，眼神里虽有焦急，却并不说出。

　　期间，夏槿微也想跟男生说句话，却没有话题可讲。及至连自己都觉得太磨蹭，夏槿微才冲到里间，拿了钱包，而后又仔细端详夹在其中的照片，顺便透过布帘的缝隙看站在柜台前的少年的身影，假装确认身份，慢慢走出去。

　　递钱包的时候，她的手轻轻碰触了一下少年的皮肤，这让夏槿微一下子红了脸。她把头埋得深深地，不说话，却听少年再次开口："真心谢谢你哟。"接着，他依旧微微笑着，转身迈开步子走远，身影逐渐消失在梅花路的尽头。

　　夏槿微缓缓地抬起头张望少年的身影，心里暗自憎恨自己过分

　　　　也许，我们都习惯了不见面的对话，见面就不知道该说什么了。
　　　　　　　　　　　　　　　　　　　　　　　　——李宫俊的诗

羞赧。要不是自己唯诺，或许早已从少年口中，得知他的名字，甚至，还有他就读的学校。虽然，他的名字，她早就从那只钱包里，给发现了。

2

夏槿微的脑海里，自此有了一个美好的影像安静存在，却又让她不时分神。她想少年，想他如春风一般的笑，轻易催开她心间一树一树的花。

再见少年，竟是在特长班美术老师的办公室。推门而进的瞬间，夏槿微望见他，一个没忍住，柳青远的名字就轻易被唤了出来。正低头接受批评的少年先是诧异，继而认出她，脸上露出一朵浅浅的微笑。夏槿微也眯起眼睛微笑，算是问候。而老师的言辞仍旧严肃，"柳青远，如果你再这样逃课，那你真的不用来绘画班了！"

话未说完，愤怒的少年早已拎起脚边的书包，风一般旋出门去，只留下剧烈的门板震颤声回响在空洞的楼道内。夏槿微还未从再遇柳青远的情绪中走出，就听老师转口说："槿微，你的绘画水平越来越不错了，你要加油哦，我可以……"

后面的话或许很重要，但夏槿微一句也没听进去，她在老师面前装作乖巧的样子，不断点头，心里却嫌弃她啰唆，不快点放自己走——不然，她就可以冲出去，和少年柳青远说几句话，或者，默默地尾随他走段路也行。

却不料一出办公室，柳青远正等在门外。他冲上来，拉起夏槿微的袖口就一阵疯跑。夏槿微虽摸不着头脑，却还是极乐意地跟随着他，只管让身侧的风景迅速退后，让迎面而来的风把裙裾轻轻扬起。甚至，她还抽空看了柳青远。他青春面孔上的灿烂笑容一如既往，此刻更是增添了几分美感。那样子，夏槿微是那么喜欢。

直到夏槿微跑得喘不过气来了，柳青远才停下脚步。他用双手紧紧握住槿微的双臂，又用无比坚定的眼神望着她："槿微，你为什么不挣脱我？"

夏槿微诧异于柳青远叫出自己的名字，更因她的问题而愣怔住。她红着脸，又羞又恼地望着柳青远，而后转身，假装气汹汹地走开了。

3

柳青远飞快地追上去："槿微，你好好绘画吧，连老师都夸你慧根不浅。我呢，无绘画天分，只好把写作坚持下去。将来，我出书的时候，你当我的御用插画师吧。"

夏槿微仍旧不理他，脑海里却勾勒出一本本精致的书摆放在书

在一段感情中，卑微的那个才是最惨的，因为他连放弃的资格都没有。
——李宫俊的诗

架上销售的场景。其实，夏槿微早就这样悄悄想过，但她怕自己能力不够。现在，有了柳青远的鼓励，旧日的梦想，似乎更有了实现的必要。

她没有思考柳青远所说的梦想实现的几率，就像她没有深究柳青远怎么知道自己的名字。

直到林夕梦气势汹汹地将她堵在教室门口，夏槿微才知事情不妙。

林夕梦是年级的级花，一直以来都和柳青远走得极近，明眼人都看得出来他们关系非同一般。夏槿微甚至也在柳青远的钱包里见过她的大头贴。但是近日她被突如其来的幸福紧紧包裹，哪里还会顾忌这许多？

没和夏槿微说几句话，气急败坏的林夕梦就甩开手，一巴掌掴在了夏槿微脸上。夏槿微摸着烧红的脸，脑海里出现柳青远在自己面前明媚的笑容，忽然就不想忍气吞声了。她咬咬牙，抡起拳头，就向林夕梦砸了过去。

"噼里啪啦"一阵拳打脚踢。夏槿微和林夕梦都不同程度地挂了彩。仍在酣战之际，柳青远空降一般出现了。他大喊一声，上前将两人迅速分开，并用严肃的眼神望向两人。双方这才有所收敛，各自拍打起沾尘的衣服，却仍不肯认输。

这一切被出现在教室门口的班主任老师看在眼里，于是，夏槿微除了违反校纪班规，还多了条早恋的罪名。她被罚搞三周卫生，但转念再想想平日和柳青远在一起的好时光，那些小小的惩罚，也就微不足道起来。

4

放学后，夏槿微正在里间帮妈妈做面包。只听见梅花路上传来一阵放肆嬉闹，紧接着，便是一阵狂砸和玻璃破碎的声音。待两人惊觉跑到外间，摆放面包的柜台早已碎烂，变形的面包也散了一地。再向远处看，车后座的林夕梦正在向同伙手舞足蹈地讲什么。

更可疑的是，骑车的那个少年的身影，像极了少年柳青远。

顾不得妈妈心疼抽泣，夏槿微开始拨打柳青远的电话。起初是您拨的电话暂时无人接听，到后来却变成了您拨打的电话已关机。夏槿微苦涩地撇撇嘴——那刻，她并不太想追问柳青远什么，她想要的，只是柳青远只字片语的安慰。

再见柳青远，他的外套果真和夏槿微那日瞅见的一模一样。她试探着问他，他很快感知到，并稍稍紧张起来："当时我并不知林夕梦去干嘛，后来去了，发现她是要当着我的面给你点颜色看，我后悔了，但是已经来不及……"

若真如此，那也还好，至少，她在柳青远的心里，还有那么一点

我认为的爱，就是使劲对一个人好。
——李宫俊的诗

101

分量。

可是，柳青远在学校举办的征文大赛中荣获得一等奖，在第一时刻与他分享奖牌的人，却是林夕梦。她在舞台边接过柳青远的奖杯和奖品，轻轻吻，脸上带着甜美的微笑，就像是自己获了奖一样开心到无以言表。

夏槿微的嘴唇慢慢咬紧，眼泪也蓄得满满，忍不住便"啪嗒嗒"滚落而下。她不顾班主任老师的呼唤，飞一般逃离礼堂，冲进绘画教室，把那些用心绘就的画统统撕碎。

自从柳青远说过要合作出书后，夏槿微就极努力，纵使握画笔的手指关节上磨得全是坚硬的茧，她也不曾放松过丝毫。也曾在憋闷的网吧，多次为柳青远搜集资料，一待就是三四个小时，直到夜深得不见五指，她才独自摸黑回家。路上，她忍不住给柳青远打电话，却早已无人接听——他早已沉沉睡去。

可是现在……悲伤的情绪过了许久才得以平复，夏槿微在眼泪快要流不出来时想，早知会有这般戏码，还不如当初不遇柳青远。

5

柳青远言辞恳切地向夏槿微道歉："是我不好，可是前几天，我真和林夕梦分手了，不信你看。"说着，将自己的钱包抻展，送到夏

谁会把你喜欢得这么好

The one who stands by you forever

槿微眼前。

果真没有了紧挨在他照片旁的林夕梦的大头贴。而柳青远的照片仍在，微笑依然像花儿开在春风里。可夏槿微的心凉凉的，少了许多温热。

看夏槿微没有丝毫动容，柳青远着急了。他使尽浑身解数，试图再次讨得夏槿微欢颜。夏槿微终是经不起他的软磨硬泡，软下心来，闷闷然接受了他的道歉。只是她告诫自己，只这一次，日后柳青远若再这样，至少不能再委屈了自己。

柳青远开始放弃许多玩乐的时间，来陪夏槿微。假日，他们一起去郊游，或者逛街；上课的时候，也是两两亲近着，嬉戏打闹快乐无边。甚至，柳青远还赖着脸皮跑去向特长班的美术老师道歉，又重新加入到了绘画班。

虽然，他仍旧在绘画的时间里构思他的小说，手下的动作停停走走，绘出的画没有多大长进，但老师见得他和夏槿微一样努力，也就待他比以前好。而他，也因此更有理由和机会与夏槿微在一起。

时光再次曼妙起来。夏槿微一望见身边柳青远侧脸上灿烂的微笑，就觉得整个世界都充满了清新的空气，连阳光也格外明亮。闭上眼的时候，她仿佛也能看见柳青远被放大了若干倍的英俊面庞近在脸前，一如她长久以来的梦境。

所有的分离，都会留下一个人背影，总有人会愿意成为目送背影的那个人。

——李宫俊的诗

某日，柳青远拿着一份快递兴冲冲地跑来找夏槿微，激动地说："槿微，我的书很快就能出版了！你看，这是出版合同。"夏槿微同样抑制不住狂喜，拿着合同的手忍不住颤抖。及至柳青远牢牢地将她的手握住，她猛跳的心才渐渐平息下来。

放学后，两人在大排档点了几个菜，还以茶代酒地庆贺了一番，才肩并肩地走上梅花路，准备回家。快要到夏槿微家的面包店了，柳青远忽然记起什么，抓住她的胳膊，凝视着她的眼说："槿微，你还记得你说过要为我的书画插图吗？现在，你就可以着手了。这本书，正好见证我们在一起的美好时光。"

夏槿微正陶醉在柳青远能出书的幸福中，又闻听自己可以给他的书配插图，实现先前两人许下的愿望，自然是一百个乐意。所以，后边柳青远跟她说的话她只字未听，就高兴地挥舞着书包冲进了面包店，身后远远传来一声柳青远的再见。

6

夏槿微从未根据书稿画过插画，但是这次，她想竭尽全力拼一回。柳青远的书稿她阅读了一遍又一遍，只想抓住最精髓的部分，并将之体现在画作上。

以至于一个多月的大多时间，夏槿微都忙于绘插图和反复不断地修正。书中的男主角放荡不羁，笑容明媚，喜欢跟很多女生在一起。女主角则敏感柔弱，深爱着他却又长久承受莫名的心痛。一出出戏码上演得那么悲伤催泪，加上自己要用笔描绘那忧伤的场景和氛围，夏槿微常常忍不住心疼，默默流下泪来。

这一切，柳青远都不知道。就如忙碌的夏槿微，越来越少见到柳青远的面。直到某一天，夏槿微如常地拨打柳青远的电话时，却提示他已关机。

反复尝试，换成座机拨打，都仍是同样结果。受第六感支配，夏槿微的心再也无法安分，她急匆匆地冲去柳青远常出没的地方找他，却仍无果。

直到满世界寻找了柳青远三天之后，夏槿微才遇见林夕梦的一位死党。她傲娇地告诉夏槿微："青远正和林夕梦在图书馆拍大片呢……"话未说完，夏槿微早已火速跑开。

在楼道尽头爬满常青藤的古老窗户前，化了精致妆容的柳青远和林夕梦侧光相对，手指轻轻触碰在一起，眼神里满是欲说还休的恋慕。远远看，那场景浪漫温馨得快要将带着秋露潮湿的阳光迷醉。夏槿微愣怔了，火苗在心底慢慢升腾。

镜头"咔嚓"作响，柳青远和林夕梦的动作也越来越亲密无间。站在楼梯拐角的夏槿微望着这一切，忽然觉到自己很傻，竟然轻易就

就算发现一条路走错了，不要停，也不要回头，因为世上最难走的，是回头路。
——李宫俊的诗

相信了柳青远的话。她的泪水落下来，将胸口的衣服打湿大片。她那么想大哭，可是悲伤早已呛得她发不出声来。

呆呆地望着前夜加班加点画好的插画，夏槿微苦涩地笑了，而后，是泪落如串起的珠子。她默默地收拾起所有画作，又将手机关机，之后，便骑着自行车穿过蜿蜒的梅花路，去往不知名的远方。

7

年轮轻轻一滑，两年时光就过去了。

夏槿微在书店看到一本书，虽是蒙了一层薄薄的尘，封面上的面孔却还是那么熟悉。轻轻拿起，她不免想起最后一次见柳青远时的场景：楼道尽头，他和林夕梦相对而望，眼里满是恋慕。再翻看内页，一张张唯美的图片穿插在文字中，精美得有些过分。

而这些位置，原本该是放她用心绘制的插画的。可是没有。时光仿佛总喜欢跟人开玩笑。就像她的从前，和她不知道的后来。

拍摄照片时悄然出现在楼梯口的夏槿微，柳青远压根儿就没察觉到。他以为，那会儿的夏槿微，正在专心致志地给他的书画插图呢。

柳青远苦口婆心征得了夏槿微妈妈的同意，到她的房间寻找她画的插画，可是根本没有。无奈之下，他只好跟编辑协商，把原本准备放在新书宣传别册里的照片放进书里。照片中的林夕梦，不过是出版社编辑选中的平面模特，与他柳青远，再无其他。

而那些精心绘制的插图，被夏槿微带走并统统抛进了深海。她以为那样，就可以忘掉少年柳青远，可是不能。于是，她重新开了手机，可是柳青远，再也没有一个电话。等自己回到梅花路，柳青远却早已到外地去参加高考。

正准备放下书，离开，却见自己的名字在眼前忽地一闪。细看，在作者署名的位置，早已不是原来的"柳青远"，而是"寻找夏槿微"。而作者简介里，柳青远那张甜美的如花开在春风里的笑脸，依旧灿烂地定格着，正对着她。

她的指甲深深扎进掌心的肉里，只感觉眼眶周围一阵烫热，心跳半天回不了原位。只是她，再也没有联系柳青远，尽管，柳青远在书的扉页留了联系方式。她一次次蠕动嘴角，轻声絮叨，而那，也正是柳青远的书名——

你在微笑，我却哭了。

不是我脾气好，只是生气这种事，不适合我。

——李宫俊的诗

/// 我们和后来不曾相遇

螃蟹在剥我的壳，笔记本在写我。

漫天的我落在花瓣上。

而你在想我。

笔记本上的心事

苏小糖在打扫阶梯教室时，不经意抬头，就发现了遗留在座位上的笔记本。她拿起来端详，封面上遒劲的字迹立即吸引了她的注意。

是鹿笙的笔记本！苏小糖一眼就辨认出来。连内页的内容也顾不上翻看，苏小糖就丢掉扫帚，飞快地冲向鹿笙的教室，想在第一时间把笔记本送还给他。

鹿笙看见苏小糖手中的笔记本，立即红了脸，诺诺半晌，才又吞吞吐吐地拒绝苏小糖："你找错它的主人了。"说完，就走进了教室。

苏小糖望着他有些慌乱的背影，摩挲着笔记本的封皮，悻悻地走回教室。她决定写个招领启事，张贴到教学楼前的公告栏去。

手机就在这时候响了。掏出来看，是条短信。点开，一个陌生号码说："笔记本的主人前两天刚转学，那个笔记本，你替他好好保管吧！"

除了鹿笙，没人知道笔记本丢失这件事，于是苏小糖把那个号码存进手机，命名成了"鹿笙"。而后，又将正在写的招领启事抛进垃圾箱，仔细翻阅起那个笔记本来。

是那么绵密的少年心思，娓娓道来对一个女生的喜欢。苏小糖默默读着，只觉一颗心越来越深地沉醉在一种淡若清风，却又缥缈如花香的氛围里，微微悸动，而已然冒出几颗青春痘的脸，也微微红润起来。

许久，苏小糖终于从某种青春期的情绪中走出，再看着躺在课桌边角的那本笔记本，不觉叹了口气：能被鹿笙喜欢的女生，该有多幸福，可惜那个人不是自己。

小心翼翼的试探

苏小糖跟老师撒谎请了假，在操场边转悠。不远处，鹿笙正和几个男生热火朝天地打篮球。苏小糖不由自主地将视线投向鹿笙，可鹿笙总是轻易就躲过去。

回忆就像魔方，一次次打乱，又一次次复原。
——李宫俊的诗

再想到之前鹿笙不承认那本笔记本是他的，苏小糖愈加觉得不对头。于是，她转悠到搭着鹿笙衣服的篮球架下去，掏出手机，准备给"鹿笙"拨个电话，看看那个号码是不是真的属于鹿笙。

掌中的手机刚响了一声，苏小糖就感觉到有东西正朝自己飞来。慌然躲避时，充满力量的篮球早已打在她的右肩。手没握紧，手机"啪"的一声跌落到地上。

捡起来看时，手机已黑屏。尝试着好几次开机，一点反应也无。早停止打球转而关心起苏小糖的男生们，又接连将头转向了站在最外围的鹿笙。

那个球是因为鹿笙出神，没能顺利截住，才导致苏小糖的手机摔坏了。

鹿笙走过来，微微低下头，红着脸说："苏小糖，我的手机你先拿去用。明天，我给你赔部新手机。"说着，将自己的手机卡拿出来，把手机塞到了苏小糖手中。

苏小糖不想拿，却又怕在众多同学面前当场拒绝他让鹿笙难为情，所以什么也没说，只是默默看着鹿笙离开，走出很远后，才又尾随而去。

苏小糖看着鹿笙走过浓密的槐树荫，走过蔷薇花荼蘼的花园，又走进楼梯间。一路上，风吹着他的发，看起来是那么忧伤。再低头看看握在手中的鹿笙的手机，苏小糖心中充满了愧疚——若不是自己想确定那个手机号码是否是鹿笙的，哪里又会发生这些事呢？

懊恼了许久，苏小糖决定，无论如何，鹿笙赔她的手机，她都不能要。而且，鹿笙给她的手机，她也要尽快还给他才好。

一步一步的靠近

那晚，苏小糖迟迟难以入眠。她翻着那本已经看过无数次的笔记本，又不时侧头看看枕边的手机。她是那么想打开鹿笙的手机，可是每次，她都按捺住了内心的冲动。苏小糖清楚地知道，翻看别人的东西不礼貌，何况还是私密性很强的手机。在一次次向自己内心的冲动倒戈的纠结里，那个夜晚，终于过去。

课间，苏小糖鼓起勇气，跑去找鹿笙。见鹿笙向她走来，某一刻，苏小糖有种梦想终究如愿的恍惚感。直到鹿笙轻声叫她"小糖"时，她才惊醒，继而有些慌乱地把鹿笙的手机递给他，转身就要离开。

鹿笙也早已红了脸，稍顿，他喊住她："小糖，你的手机我再过一段时间赔给你吧！"声音里没有一点儿底气。

听见鹿笙主动跟她说话，苏小糖心里掠过一丝惊喜，于是回应他："没关系，反正带手机到学校影响学习，没有也蛮不错哦。"说

别爱得那么轻易，又恨得那么盲目。
——李宫俊的诗

完，甜美笑着，转过拐角走了。

苏小糖的心情变得十分美好。她唯一想到的是，她和鹿笙有了更多交流。而因为手机无法赔偿，鹿笙肯定会把这事装心里，也因此，会有意无意地想起自己吧？

鹿笙望着苏小糖离开的身影，嘴角苦涩地扬了扬。心想，苏小糖还是那么特别。只是心下又悔恨自己没勇气把那些酝酿了许久的话说出——尽管他知道，那些话对于年纪正青涩的他们来说，为时过早，可是那份心情却真真切切地存在啊！

放学时分，鹿笙在窗外叫苏小糖一起回家。苏小糖闻听，立马红了脸。当她有些紧张地走到鹿笙身边时，却听他狡黠地说："算是我一时还不了你手机的补偿吧！"

苏小糖暗自乐了，暖风一般微笑起来："好呀，好呀！"

后来的后来

并肩走在回家的路上，苏小糖和鹿笙却都变得不善言辞起来，常常是几句简单的话语后，就陷入大段空白。于是，两人都假装四下看街景，不经意有眼神交汇，也是很快就闪躲开，仿佛，他们都怕满腔的心事轻易被泄露。

时间一久，苏小糖发现，鹿笙有个口头禅，那就是"后来"。比如，他习惯说："后来，他们在一起了。"又比如，"后来的后来，他们仍旧如起初那般喜欢彼此。"

这些话让苏小糖觉得，后来是那么美好，寄托着那么多期待和向往。甚至，她也无数次地想象她和鹿笙的后来，并不自觉地将时光延伸到了毕业后……

鹿笙把新手机给苏小糖时，她矛盾极了。手机于她，完全可以没有，可一旦接过，是否就意味着鹿笙不会再和她同行？何况，鹿笙赔她的手机，比她原来的要高级许多。

鹿笙说："小糖，你收下吧。要毕业了，也没什么礼物送给你。"他满是真诚的语气，让苏小糖觉得，如果自己再拒绝，就有些残忍了。

苏小糖也想给鹿笙送份礼物，可无论送什么，她都觉得难表达自己的心意。

时光匆匆，开完毕业典礼，考完试，苏小糖和鹿笙再也没有机会见到彼此。不时，苏小糖会给"鹿笙"的号码打个电话，却总是无人接听。她感觉自己遗失了一件无比重要的东西，心里充满了无尽的惆怅。

直到某日，苏小糖无意间翻开手机里的记事本，才发现有好多

安安静静一个人，安安静静一个人等一个人。
——李宫俊的诗

113

话写给叫"小糖"的女生，句式和文风同她在阶梯教室捡到的笔记本上的是那么相像。鹿笙说："他曾把满腹心事写在笔记本里，又存进手机，找机会给她，想让她明了一个少年的心，只是她似乎并未看到……"

苏小糖的眼泪簌簌落下来。原来，那些懵懂的情愫，并不只有她一个人有。原来，他们能够有可期可盼的后来，只是他们却轻易错过了。

在手机记事本的最后，苏小糖无比熟稔的那首短诗再次出现——她曾一次次地在笔记本上看到鹿笙用漂亮的字迹反复抄写：

"螃蟹在剥我的壳，笔记本在写我。

漫天的我落在花瓣上。

而你在想我。"

苏小糖一字一句念着，忍不住泪如雨下。而后，她轻敲按键，把这首诗发给了她已然熟记于心的"鹿笙"的电话号码。

谁会把你喜欢得这么好

The one who stands by you forever

/// 青橙

青春里，谁都有权利去爱。

1

艾心回到寝室的时候，湿漉漉的头发还滴着水。两只眼皮低垂，像是快要睡着。夏梓桔清亮地喊了几声她的名字，她才有些清醒地抬头，说："夏梓桔，你想干什么？"话说得漫不经心，却有一股凛冽。

"有人在学子食府前面寻你，已经等了好长时间了——可是个排骨型的气质型帅哥哦。"夏梓桔目不转睛地盯着手中的小说，色色地说。

"你就一花痴！"艾心嗔怪完，抱起硕大的布熊，倒在床上便睡。

"我答应人家说你洗澡回来，就去找他。"夏梓桔丢开书本，将目光投向艾心。

不要轻易拆穿假装强大的人，他们脆弱地超乎你想像。
——李宫俊的诗

115

艾心琢磨着会是谁找她。难道是林开？那个一直对她很体贴很在意也很喜欢她的男生。可是再看夏梓桔神秘兮兮的表情，又没有可能是他。

那是谁呢？艾心腾地从床上坐起来，飞快下地出门。走出不远又折转回来拉起夏梓桔："走，陪我一起去嘛！"

食府前面的台阶上有人举着纸牌，上面清晰地写着"艾心"。持牌人的脸，被纸牌遮挡了半边。

艾心无法从展露的部分判断出此人姓甚名谁，却又被夏梓桔用力推到了男生面前。抬头那一刻，艾心看见了曾经无比熟悉又久久难忘的如水容颜。欣喜、惊讶、疑问便一股脑地涌上心头。男生也从脚到头打量她，最后将目光停驻在她的脸庞，并轻轻叫她："艾。"

艾心却叫不出他的名字——不是遗忘，是不知如何开口。十多年过去，苏南还是那张清俊的脸，不时恬淡微笑，空气便跟着轻轻荡漾起来。艾心带着些许羞赧甜甜微笑，说："你怎么会找到这里来？"问题依然笨拙到家，就像她幼时第一次见到苏南时，对着一堆积木询问，"这是做什么用的？"

"我来看看你啊！"说着，苏南伸出手轻轻拍她的肩膀。

艾心忽然恍惚起来，当初妈妈要离开他的爸爸时，苏南也是飞快地追上来，将一块心形水晶塞进她的手心，轻拍着她的肩膀，说：

"艾，我会来看你！"眼眶里，是一片清澈的水雾氤氲，语气却坚定不已。艾心沉默着，忍不住地便掉下泪来。妈妈就在这时急急上前，掰开了他们嵌在一起的手指，说："快走！"

从那以后，艾心和林开再没有见过面。艾心原本以为，再没有机会见到他了。想不到，他却远远地跑来找她。他是来兑现当初的诺言吗？

"走吧，苏南，一起去坐坐。"艾心温暖地唤他的名字。两人一起转身，艾心便看见不远处望着他们俩的夏梓桔。

2

也几乎是从那天开始，艾心发现一直对她很好的林开有些冷淡了。她知道，林开是心思密致的男生，大抵是知晓她和苏南走得很近的事儿了吧。

而当晚，林开也没像往常一样打电话说尽甜言蜜语。艾心感觉到孤单顺着墙壁四处蔓延，又笼罩住她。原来时间久了，她早习惯了有林开的日子。

艾心发信息给林开，问他在做什么。然后又忍不住地，给苏南拨了个骚扰。上次苏南离开时，特意留了电话给她。

女汉子都有一颗长满胡渣的少女心。
——李宫俊的诗

苏南很快回拨过来，问她的近况，然后说起自己的事。他说他正在图书馆学习，为将来出国做准备。他还说："艾，我再来看你吧，很想你。"他叫她"艾"，艾心却感觉像是在叫，爱。

艾心嘟哝着推辞："再说吧，我最近比较忙。"然后挂了电话。艾心犹豫了，苏南对自己很热情，她怕轻易地沉沦下去，也怕再和林开出现误会。她希望和林开的感情平静得像无风的湖面，美美的，闪着波光。

林开的短信在半小时过去后才回复过来。他说，他不小心着凉，正在宿舍休息，一不小心就忘了打电话。艾心的心忽然紧了一下。林开是看见自己和苏南在一起，因为负气才受凉的吧。

艾心端着水杯，捏着感冒药，远远走去林开的公寓楼下。她不再淑女，只管对着林开寝室的窗户大喊："林开，林开！"半天，阳台上探出一颗脑袋，说："林开和一个女孩出去了。"继而飞快消失，连追问的机会也不给她。艾心手里的水杯不自觉地，倏然滑落，碎成一片。

忧然回到寝室，看见夏梓桔近日看的《青橙》安静地躺在床上，人却不在。吃过晚饭，她就独自出去了，现在连个倾诉的对象也没有了。

谁会把你喜欢得这么好

The one who stands by you forever

3

　　苏南再来看艾心的时候，换了一身时髦的行头。帅气的他便有了与上次见面时迥异的气质。他依旧和以前一样，说话不知疲倦，眼神始终荡漾着温暖。这让艾心感觉自己被一股深浓爱意笼罩着，就像小时候，苏南背着她，一次次蹚过别墅后面的溪流，去采摘彼岸的兰花。她轻嗅着他发丝间的洗发水清香，便感觉自己很幸福，连天空也开满轻盈的云朵。

　　苏南说："艾，从见到你的第一眼，我就发现，你是个用来疼爱的女孩，因为你的眼神里有让人疼惜的讯号。我想驱赶走你心里的阴霾，便努力地让你开心。只是想不到，我们当时相处的时间会是短暂的三个月。你走的时候，我许诺一定要来找你，找那个轻轻叫我哥哥的艾心。现在，我找到了。"

　　艾心望望苏南，久久地陷入沉默。那短暂的光阴，又何尝不让她怀念。对一个长期被忽视的孩子，苏南是她幸福和快乐的源泉。她以为日后可以常和苏南在一起，可是上苍连这点幸福也吝惜赐予。念及此，不自觉地又黯然神伤。

　　"艾，做我女朋友吧！"苏南的话里，充满庄重。

　　艾心忽然感觉胸口堵了一块东西，死死地缠着它，让她难以呼吸。她捂着胸口，将头埋进膝盖间，像只遇见危难的鸵鸟。她不知如

没有结局的爱情，我用剧情去支撑。
——李宫俊的诗

何对苏南说，一直以来，她都因为她和他处境的差距而感到为难。他家境殷实，而她，是那么普通。这个差距，让她不敢去奢望彼岸盛放着的美丽花朵。

苏南紧紧地揽她入怀，艾心并未闪躲，只感觉过往的那些美好在渐渐地回来。这真切的温暖和心跳，让她进入了一场甜美的梦。她多想就此沉睡下去，好留住这一切。可真正地面对苏南，她却犹豫不决；面对林开，同样会不知所措。这，让她为难，也让她害怕。

所以，他们只是紧紧，静静地依偎着，不再说话。天空中密布的星星眨着眼看他们，忍不住浅笑。

4

夏梓桔愉快地哼着歌："我在这儿等着你回来，等着你回来给我把花戴……"

艾心听着，心内早打翻了五味瓶。两天前，她看见夏梓桔和林开牵手走在林荫道上，有说有笑，俨然一对情侣。而之前，他们根本不认识彼此。他们飞快的进展让艾心担忧不已。可面对密友和恋人，她又不能过多追问，因为那样会很轻易地就让自己损失惨重。这般想着，泪水便悄然滚落下来，很凉。

忍不住给苏南发短信，她说她现在的内心兵荒马乱。不过也仅仅是这句话，她不愿告诉他更多的信息。她知道，身在爱情里的人都有颗敏感的心，她不愿让苏南窥见她心里太多的角落。毕竟，林开没有向她说分手，而她，也依然希冀林开能回心转意。

她，已经放不下林开的感情。

就在这时，林开在楼下喊："艾心，艾心。"她走上阳台，夏梓桔正悄悄向林开挥了下手。艾心假装没看见，只看仰头等待的林开。两周不见他的身影，竟有些许陌生。稍后，她大声地回应："林开，我很快就下来！"不露声色地，是在和夏梓桔较劲，也像一次宣言。

咖啡屋内，曼妙的音乐流淌，冷气让身体感觉很舒服。林开坐在艾心对面，沉默凝望她。艾心握着手中的卡布奇诺，竟也不知说些什么。看得出两人都有话要说，却没有谁，先开口。

咖啡快要喝完，依然没有说话。不经意地抬头，却四目相对。似是猜透了对方的心思，又异口同声地开口："你——"

惊讶，羞赧，歉意一起涌上两张年轻的面孔。最终，还是林开说话了："艾心，你还喜欢我吗？"

"喜欢。"两个字轻轻出口，笃定而及时。然后又想起什么似的补充说："我们，都该好好地沉淀下内心，想想是否还能为彼此，全心全力。"

林开轻轻点头，眼神中开始有亮泽闪烁。这段时间，两人都内

我朋友很少，我敌人更少，皆因我心里真正在乎的人本来就不多。
——李宫俊的诗

121

心不安，有这样的回答和提醒，是对那份感情的珍重。未来，值得期待。

送艾心到公寓楼下时，林开远远地就看见了苏南。他正捧着一束玫瑰花站在微微拂动的风里，翘首四望。艾心望望林开忽然阴郁下来的脸，嘴唇紧咬，忽然不知道说什么好。

5

艾心没有接受苏南的玫瑰，不只因为有林开目送她，也因为她还没有决定要和苏南走到一起。她低头匆匆擦过苏南，像是在逃避一场灾难。苏南如花的笑脸在那一刻顿然凝结，消失了所有表情。

玫瑰花瓣，一片片，被揪下，揉碎，散落在地，红红的，直刺人眼。高大的身影在原地站了很久，然后又深深地蹲下去，紧紧抱着头，不断抓挠发丝。

艾心站在阳台一隅，望着苏南伤心的身影，泪落连珠子。这个男生，历经十多年的周折，终于找到她，可她，却不能给他一个响亮肯定的答案。是她内心的顾虑太多了吗？

一场毫无前兆的风裹着雨，"噼里啪啦"落下。艾心看见苏南在风雨中落拓得如雕塑一般的身影，始终没有动一下。"为什么不走啊，真是傻到家了！"艾心埋怨，忍不住地就拿了校服，冲下楼去。

跑到楼下，却早已不见了苏南的身影，只有一片片零落的花瓣猝死雨地。短短的时间，竟然和苏南错过，是因为缘分本就浅薄吗？艾心愣怔在苏南站过的地方，任泪水雨水滂沱。

艾心感冒了，发高烧，额头滚烫得像是刚出炉的红薯。夏梓桔拧了冰水毛巾铺在她的额头，又拿来药片和温水，让她服下，接着走出门，去买艾心喜欢吃的八宝炒饭。艾心看着夏梓桔离开的背影，心内涌动起感激来。夏梓桔一直以来和她最亲，要不是她照料，现在的她不知会有多狼狈！

想不到林开会来她的宿舍，艾心很远就听见他的声音。想起身，却不便，只好作罢。就在这时，林开和夏梓桔推门进来。艾心于不觉间，看见推门的一瞬间他们才放开的手。

林开在床边坐下，轻轻抚摸她的脸，感受体温。然后手轻轻滑落下去，想握住艾心放在被子外的手。艾心条件反射似的收缩了一下，却还是被紧紧握住，她就是在那时看清林开眼里闪烁的亮光。

是疼惜，是责怪，还是不舍？那么复杂，像两团缠绕交错的乱麻被点燃。这两束光，向着艾心闪耀，给她一种不安的感觉。她从未见过林开如此凛冽而灼热的眼神。而林开，也只是看着她，不说一句话。

还好，有夏梓桔在，艾心便和她七七八八地聊天，以此打破沉闷

我表白，你拒绝。我连续表白，你连续拒绝。我们好有默契。

——李宫俊的诗

的氛围。费了好大力气，林开终于开了口。他说："艾心，没有我的日子，你要好好的。"然后起身，迅速离开。

艾心只觉天昏地暗飞沙走石，胸腔里发出像骆驼草一样绝望的悲鸣。

6

病情渐渐好转，艾心却喜欢上了发呆。窗外的玉兰树，墙上的一枚图钉，都能成为她视线的倾注点。偶尔，她也在心里跟自己说话。

她说："艾心，你现在什么都失去了。你可以追随你当初的梦想了。"可是，她连当初的梦想也轻易地给忘记了。

她也说："艾心，你要坚强起来，一个人也能幸福。"心底的另一个声音却说："没有他们，这样的日子还能有多少鲜活的色彩？"

是啊，现在的艾心，是形单影只的一个人了。连夏梓桔，也很少再待在寝室，更别说和她互相谈心了。

艾心给苏南发短信。之前给他的短信他一条也不曾回复。可现在，也只能发给他了。艾心没有其他可以完全交心的朋友。她对苏南说："一个人的日子，还好吗，会好吗？"

很快收到回复。苏南说："一个人的日子不会好，因为有思念苦苦逼迫；两个人的日子不知道好不好，因为从来都为了一个人，孤单行走在等待的路上。"

艾心的内心忽然像被风鼓起的帆，充满了力量。她从被窝里爬起来，飞快地洗漱、化妆，继而飞奔出门。她要去见苏南，她要答应苏南，给他流离的心灵一个归宿。

第一次去苏南的学校。不停问人，不停走路，不断寻找，终于找见苏南居住的公寓。又询问了门卫，不顾阻拦飞一般地直冲苏南的寝室。三位男生被推门的声音惊动，共同望着闯进男寝的女生，面面相觑。

艾心扫视一周，最终将目光停留在那张空荡荡的床板上。是苏南的，可他已经离开。或许离开得还有些仓促，因为他忘记了带一件东西——贴在他床头的艾心与他的合照。艾心将照片轻掀下来，问了苏南的去处，再次飞快离开。

机场。一架国际航班刚刚起飞，轰隆隆的喧嚣掩盖了所有的尘杂。艾心终于还是来晚了一步。望着逝去的大鸟，她仿佛又看见苏南在风雨中悲苦的脸，以及凋落的玫瑰花。眼泪，便止不住地滚落下来。

7

所有的时光，因苏南没有告别的离开而沉淀下来。

有些事情不是长大了就会明白，也不是明白了就会长大。
——李宫俊的诗

一有时间，艾心就会摩挲那张已然发黄的合照。苏南和她的笑容，那么美好地定格在上面。艾心也体会到一个人的日子不好过，就如苏南所说，会有思念不断侵袭。

夏梓桔和林开在一起了。艾心从夏梓桔的口中得知，他们曾在一所幼儿园读书。后来读不同的小学，不同的中学，却又在大学不期而遇。艾心和林开分开后，他们才渐渐敞开内心世界，彼此相爱。

艾心听着夏梓桔讲，微微地笑。对于夏梓桔和林开开始恋爱的时间，她并不认同，但是她只是微笑着，什么都不再说。

收拾好行李，便离各自奔天涯的时刻不远。艾心和夏梓桔轻轻相拥，彼此对望着微笑，最终还是忍不住落了泪。直到有人叫夏梓桔同去，两人才依依不舍地放了手。临走时，夏梓桔想起什么似的说："艾心，那本《青橙》我带不走，留给你吧！记得随时联系。"

艾心轻轻点头，随手将书塞进行李包的夹层。半日后，她也将离开这座美好与悲伤夹杂的绿城。

火车启动，缓缓驶离。艾心的心情很复杂，似乎有一些东西被遗忘在了城内，可怎么也想不清究竟是什么。想让心情平静下来，就想到了夏梓桔送她的书。掏出来，轻轻翻开，一只信封自书页间渐渐滑落。

是林开的字迹。他说他希望艾心能在他和苏南之间做个选择。如果选择他，希望艾心能给他发个短信，或者打个电话；若不然，则希望艾心能得到她想要的幸福。署名下的时间，是林开跑去艾心寝室探望她的日子。

艾心的胸口忽然钝疼。那个时候，她还是会选择爱林开的，不然也不至于绝情地拒绝了追他而来的苏南。可他当时说的话分明是："艾心，没有我的日子，你要好好的。"是林开的话给了她错觉，从而让所有的一切无可挽回？

可是，信封上艾心的名字前，还清晰地写着"夏梓桔转"，而这本书，原来也是夏梓桔的。想必，是夏梓桔半途将此信截获，没有转交给艾心。怪不得告别时，夏梓桔的眼里，有着多于不舍的愧疚。

青春里，谁都有权利去爱。我们不能因为一个人有另一个人同样喜欢，就选择放弃。那样的青春，会失去多少明丽的色彩啊！艾心忽然想起林开在发觉她和苏南见面后的感慨。这样的话，他是否也曾说给夏梓桔听呢？

离开的火车不断向前。艾心的泪悄无声息地滚落下来，打湿《青橙》的书页。那一页上，有一段字，这样写：青春是一颗寂寞安放的青橙，光鲜华丽的外表，始终难以掩饰它内里强烈的酸，轻微的苦，以及可供透视爱情的晶莹泪滴。我们，要学会说，再见。

当你迟回复我时，我总会以为你在忙着和比我更重要的人聊天。
——李宫俊的诗

/// 抬头看烟花灿烂

亲爱的，再见。

遇见他，水蜜桃正水嫩嫩地充满活力

黛七是在忽然之间感觉到自己长大的。

一件件地试过那些绣着小花小动物的衣服，黛七发现，已经没有了适合自己的。那些衣服已经变得窄小，勒在身上紧紧的，连呼吸都有些紧张。

黛七站在镜子前，一遍遍打量自己。她的皮肤很温润，身体的曲线渐有玲珑之势。她忽然感觉自己像一只水蜜桃，于某个清晨醒来，已变得圆润饱满，包了温软满溢的汁水。

如此美妙的想象让黛七忍不住地激动。她决定立即上街，为自己买几件衣服。

橱窗里的衣服可真多，黛七看着，就难以抉择了。各色各样的衣服，哪件穿在身上才更能显出青春的活力呢？犹豫不决许久，她只得抱了好多自己喜欢的，进试衣间慢慢决定。

她非常渴望某件衣服能让她成为亮点，就像公主的水晶鞋，穿在脚上，立马会有王子关注。

终于选定一件粉色连衣裙，它有着低低的领口，可爱的kitty猫口袋，下摆一直垂到膝盖那里。轻轻旋转身体，就像一朵绚烂的莲花包围了自己。那感觉，正是黛七想要的。

出试衣间的时候，遇见一个男生。他打量了黛七一番，轻轻微笑着与她擦肩而过。可黛七分明感觉到，他的目光在她胸前停留了0.02秒。自己再低头看时，那如莲房的部位，青春的活力正在四溢。

心房就在这时，开始慌乱了节拍没命乱跳。忍不住回头去寻找那个身影，却又和一双炽热的眼相对，便再也受不了自己的面红耳热，匆匆跑开了。

纸飞机，收藏起他的如水容颜

15岁的黛七，喜欢上那个眉目清秀的邻班男生了。回到家后，她仍然难抑激动的心情。再次站在梳妆镜前轻轻旋转，内心便忽然盛开了万顷碧荷，花房充满阳光。

你的爱像阳光，在我的四面八方。

——李宫俊的诗

从那天起，黛七开始写一本新日记。也开始早起，一遍遍地观顾自己的形象，她感觉她再也不是往日的那个黄毛丫头了。

　　课间休息的时候，黛七透过窗看见了她熟悉的身影。他正站在楼层中间的圆台上，专心地折着什么。黛七的视线，便再也看不到别的什物，独独地，唯有一个他。

　　终于等他叠好，原来是一架纸飞机。他抹了抹它的双翼，然后轻轻伸起胳膊，用力送了出去。她看见他的脸上，有如水纹般的笑容荡漾开来。

　　心便也跟着清明起来，似一汪春泉。嘴角轻轻扬起，却看见那架纸飞机绕着转了个圈，向自己飞来。再看他时，却又是灼热的目光交错。温暖、欣喜、惊讶、不安立即一股脑地侵袭而来，手足便有些无措，只是呆呆地，望着彼此。

　　铃声响起，他终是匆匆回了教室。黛七内心欢悦着坐下来，却轻易地看见停在窗台上的纸飞机。它的上面，有刚劲有力的黑色字迹。

　　她悄悄地读了那些字，然后将纸飞机塞进了书包的底层。那是他写的字吗？怎么会如此潇洒飘逸呢？之后，黛七再也没有听课的心思，脑海里，只有纸飞机后那张如水的容颜，一点一点漾着清波。

铁杆粉丝终于知道了偶像的名字

黛七喜开始用黑色的笔写日记，字体，也跟着变了风格：大半的楷书，夹带一点草书。虽和"正版"的相去甚远，但努力接近"巅峰"的过程，仍让黛七甘之如饴。

也喜欢上了浅色的牛仔裤，领口宽松的白衬衫和滑板鞋。那些，都是他最惯常的装扮。看上去，稳妥、安静、又不流俗。她渐渐地喜欢上这种风格，像是在寻求一些共鸣。

新年晚会上，黛七和同班同学表演舞蹈。黛七的动作在中间有个短暂停顿，也就是那时，她看见了台下的他。他正专注地看着表演，口中嚼着木糖醇之类。稍后，他似乎也看到了她，他轻轻地眯着眼睛微笑了许久。

黛七心底掠过一阵欣喜，嘴角也忍不住上扬，却在这时听见身后同学的低声叫唤。原来，她出了神，忘了和别的同学配合舞蹈的动作。她忽然羞赧万分——自己怎么能在他的面前出洋相呢！

表演完，匆忙地下了舞台，黛七才舒了口气。偷偷地从幕布的缝隙里看他，依然是原来的安静样子，那颗心终于放了下来。

却想不到，他也有节目入选。当他出现在台上的一刻，黛七忽然一阵激动，甚至腿都有些发颤了。他独唱周杰伦的《彩虹》，声音低沉柔情，眼神专注。她在下面轻声跟着合，手轻轻地拍着，俨然忠实

明明很爱你，却又不能表现出来，暗恋的自白。

——李宫俊的诗

而投入的"粉丝"。

要领奖了，同学们都推举黛七去。以黛七的性格，她绝不会上去。可她就在这时听见了他唱的那首歌名，于是不停鼓励自己，上到了台上。并排站在一起，他和她之间只隔着一个人。捧着奖状向台下致意时，她听见有人向他呼唤，"许逸生！"

黛七终于知道，他有个好听的名字，叫许逸生。那时的黛七，感觉和他那么近，那么近。内心，便充满了莫名的幸福感。

暗恋的滋味，是一只酒心巧克力悄然融化

黛七参加一种品牌巧克力的派送活动，地点就在教学楼的门口，许多人会从那里经过。

黛七是容易羞涩的女孩，小小的玩笑，不经意的表情，或者惯性的动作，都可能让她的脸蛋红烫好一阵子。所以，她最不想看到的，就是许逸生从这里经过。

可许逸生竟然真的来了，远远的，黛七就听见了他的嬉笑声。她想躲闪，却又找不到好的藏身之处。无奈，只好眼睁睁地看着他一步步走近。

看见黛七的时候，许逸生眼神荡漾着微笑了一下，轻声对旁边的同学说："黛七。"

原来，他知道自己的名字。黛七的心，忽然就被惊讶和欣喜占据了，满满地，快要溢出。

"欢迎品尝新上市的丝黛巧克力！"许逸生快走到眼前的时候，黛七亲切地笑着说，一脸幸福。

"呵呵，好的。"许逸生旁边的高个子边说边接过了巧克力。黛七瞥了一眼许逸生，他也正眯缝着眼睛坏坏地望她。她的头飞快地低了下去，却又看见自己莲房一般的前胸，忽然又想起初次见面时许逸生灼热的眼神。心，更加"扑扑"地跳得厉害。

"要不，就多给我几只呗。"是许逸生低沉却富有吸引力的声音。

黛七羞涩地笑，抓了满满一把，放到了许逸生的掌心。过程中，两只手的手指有轻微的触碰，极其短暂，却又像是已表白过什么。

只是，彼此再也没有说一个字，就那么安静地分开了。黛七忍不住张望许逸生的背影，他正将一颗巧克力放进嘴里，包装纸轻轻地随风飞了出去。

有一丁点儿的失落，却也不忘给自己剥一只。酒心巧克力的味道渐渐在味蕾上融化开来，甜甜的，腻腻的，滑滑的。这，也许就是暗恋的滋味吧！

心无所往而周，心无所妄而忘，心无所望而亡。
——李宫俊的诗

烟花绚烂，安静地送他离开，千里之外

见到许逸生的机会越来越少，黛七明白，那是因为他即将毕业，要忙着迎考。而之后，他就真的要离开这所校园了。

心内仍然有着深深的不舍，许多时候，脑海里都会装满许逸生清俊的面容和安静的微笑。还有两人间似近若远的距离，不断靠近着，疏远着，也暧昧着。

就这样渐渐熬着，等候时间渐渐地漫过现实。终于听到消息说，许逸生他们要放假了，明天是离校回家的日子。

内心，忽然就感觉到一阵焦急。她清楚，自己有一件重要的事情还没做。那件事，与许逸生有关。

却在内心不安地上自习时，看见操场上升腾起来的绚烂烟火。各种各样的颜色照亮夜空，照亮一张张写满告别的身影，也照明了黛七远远观望的瞳孔。

黛七逃了课，她独自跑去了操场。她想，许逸生应该在那里的。毕竟，今天是大家最后一次完整地聚在一起，疯狂玩耍。

也果真看到了许逸生，他喝醉了酒，说话的时候声音有些不清，音调却始终高扬。此刻的他，正握着一根点燃的烟花，火光照亮了他俊美的侧脸。那张脸上，写着喜悦，写着感谢，也写着青春散场的忧伤。

她安静地望着他，心内一凉，眼泪就滑落了下来。或许，这是她最后一次看见他了……

等所有的烟花绽放完，他们又说了好长时间的话，才三三两两地离开。

他们选了离开操场的另一条路，黛七看着他们的身影，轻声说再见。却终是不舍，又跟着前行了很远，直到许逸生走进远处的苍茫夜色中，和漆黑融合不见。那时的感觉，是许逸生已经走到了千里之外，再也不可触及。

眼泪再次滑落下来，嘴角却还能够上扬，轻轻微笑。自始至终，黛七都渴望走进许逸生，而最接近的一次，也不过是手指间轻轻地触碰。可黛七的内心，却始终有温暖缭绕，只因为喜欢上一个人的感觉是那么美好。那本日记，那些熟悉的字体，那些深深喜欢的牛仔裤和滑板鞋，都让她感觉到幸福。

许逸生多像盛开在她青春里的第一只烟花，轻微炸响，绚烂至极，然后悄无声息地熄灭。

黛七向着远方的夜空挥手，心内说，许逸生，谢谢你。亲爱的，再见。

嘴角始终上扬。

有你的现在，就是我要的未来。
——李宫俊的诗

/// 左耳听不见你唱的流年婉转

"甜言蜜语，要说给左耳听。"

1

课间，被同学们交头接耳的议论吵醒，我蒙眬的视线便看见了站在讲台上的你。那时的你瘦瘦弱弱，仿佛穿窗而进一股风，就能把你吹倒。

刚转学来的你，唯唯诺诺，却有勇气当着全班同学唱歌。只是声音过小，像大黄蜂在瓶中"嗡嗡"飞舞，加之你不出众的外表和灰旧的衣服，到最后竟没几个同学鼓掌欢迎。

我伸出手轻轻拍，脑海里却渐渐浮现另一张脸庞。她是我的孤儿妹妹，如你一样，惯于在别人面前畏首畏尾，却又无比喜欢唱歌。想起她曾站在草坪中央，轻声为我唱她最爱的歌曲，我的眼眶便忍不住发胀发热。

我以为随着时间流逝，自己会渐渐遗忘她。可是我做不到，特别是你落座在离我不远的座位上时，我的心愈加怀念起她来，那个已在天堂的可爱女孩。

放学时，你被班上的同学故意推搡，从楼梯上摔了下去。你疼得脸部表情都扭曲了，却没人上前扶你。我想起我可怜的妹妹，再看看你，伸手扶着你，去了车棚。

载着你一路前行，刚得知你叫莫离，我的自行车就被一个男子扯翻，紧接着，是一记响亮的耳光，狠狠掼在我的左耳。我的耳朵嗡嗡响着，视线也变得有些模糊。休息许久，我才看见那男子用力牵着你的手，消失在街角。

2

你说，那男子是你爸爸。因为怕你早恋，所以常盯着你。

坐在你对面的我夹着菜的手慢慢停在半空。你的话，让我再次想起我的妹妹。那时，暴躁的妈妈对她管教十分森严，却在接她回家的路上，遭遇惨烈的车祸。

而我当时，就在离他们不足五十米的地方。

只是很快我就将思绪拉了回来。因为你是为了感谢我那日送你回家，才摆了满桌菜肴。我不能辜负你一片盛情，便继续大快朵颐。

你冲着我笑，说你喜欢唱歌，也超级想去游乐场，还想去绿城找寻你的生母……我边吃边听，发现你的内心世界藏满各种愿望。只是傻乎乎的我没能察觉，那次吃饭的花销，是你从生活费中一点点抠出来的半年的积蓄。

为了减轻愧疚，也为了我俩逐渐建立起的情谊，我在夏初的某个周末，邀你一起去游乐场。你在疯玩了碰碰车、激流勇进等后，流露出前所未有的灿烂笑容，我心里亦愉悦，鼓起勇气轻牵起你的手，飞快跑去摩天轮的乘坐点。

那是你渴望了快十年的梦想，而我如此急切，则是为了满足妹妹幼时的愿望。虽然她早已不在，但我还是那么希望能有一次机会，可以让做哥哥的我，带着她，放下所有的忧伤和痛苦，心无旁骛地快乐一次。

而你，是那么像她。只是你不知道，当摩天轮上升到最接近天空的那个瞬间，我曾恍然面前的女生到底是你还是她？继而，心酸到不能自已。

3

那张天真的脸带着梦幻的微笑，一点点逼近我，同时柔柔地唤我"哥哥"，而后，情景切换，她端正地站在草坪中央，舞动手臂唱歌，声音虽然偏小，但她的欢快却不言而喻。再然后，就见一辆卡车"嗖"地冲来，挤扁小轿车，以及身在其中的小小的她……

无数次冷汗涔涔地惊醒，都是灌满房间的死寂。只是稍等片刻，也就慢慢适应，因为早已习惯了暴躁无常的妈妈和可爱的妹妹的离开，也习惯了爸爸长期在外极少回家。

只是这次，一睁眼，我就看见你安静地在床边。略感惊讶之余，更多的，却是心灵上的安慰。你说，你一个人待着无聊，所以来找我去你家玩。

都是处境悲凉内心需要温暖的孩子啊。在心里感叹完，我跟随你走了出去。只是没想到你家会有航海模型、大海贝、带着青铜葵花样喇叭的唱片机、漂流瓶……我一一抚摸，爱不释手，而你告诉我，这是你父母离异那年，你生母送你的所有藏品。

你举起那枚海贝，放在我耳边。隐隐，我听见大海之上纵横捭阖的风，还有浪涛拍打海岸和渔船的柔情吟唱。对一个北国孩子来说，那感觉是如此奇妙。而后，你打开那台唱片机，让古旧的音乐像水波一样潋滟在只有我们两人的屋子。

我们面对面坐定，逐个拨弄那些我从未见过的物什。你的嘴也一直不停歇，哼唱着动情的歌谣。阳光漫过窗棂，暖暖地打在我们身

想知道你在干嘛，和谁在一起，但缺了个身份去问你。
——李宫俊的诗

上，为那美如梦幻的场景镀上一层蜜糖色。

4

翻阅临走时你赠阅的日记，心潮久久不能平静。你用笔触，勾勒了你多年的成长轮廓。在其中，你不止一次提及，你梦想站在星光舞台，唱动听的歌。给一群人，或一个人。

我给远在海外的爸爸打电话，让他帮我做一件事。他试图搪塞，我便狠狠摞了电话。没过几天，我就接到电视台的电话，他们通知让你去参加节目。

没有层层把关，他们只是让你简单彩排，就允许你上了台。你轻轻拥抱我，微笑里含着感激。只有我明白，爸爸为此耗费了多大的心力。

我的每一个细胞都激动不已，盼你打开歌喉，用歌声告诉每个观众，你多年以来的唱歌梦想。只是看你上台，跟观众打了招呼，又开了口，观众席上的我却忽然听不见任何声音，眼前的一切开始像默片一样播放。

我匆匆退了场，惊慌失措地跑去医院。医生用手势询问我是否喜欢听歌，我才恍然察觉，只要有时间，我就会戴起耳机，听妹妹喜欢的歌谣怀念她。却没想到如今，因此罹患了中耳炎。

滴上药水，打开电视，却忽然看见你愉快地接受采访，而我什么都听不见。但我那么希望，你说的话有关于我，或者，就是此时，你能跑来我家，给我一个甜美的微笑。

只是，都没有。心忽然有些空。

5

你再没来找我，等我听力恢复去了学校，那个熟悉的位置也不见你。

我用尽所有的方式，都没能找到你在这尘世的半点线索，莫离。

却收到你邮寄来的包裹，在落叶纷飞的秋天。你把航海模型、大海贝、带着青铜葵花样喇叭的唱片机、漂流瓶……统统都给了我，其中，还有一封信。

字里行间都是你对我的依恋和不舍，当然，也有小小怨怼。你说，你以为我会认真读完你的整本日记，但我似乎只读了一部分。我的心忽然就悸痛了一下。

你说，希望我能答应你，在寒假的时候，同你一起勇敢出逃，去绿城找寻你的生母。而我自始至终不知你的这一期待，让你白白地等了又等。

遇见不完美，才会相信世间没有完美，然后珍惜不完美。
——李宫俊的诗

我是那么想答应你，可是你早已离开。当我被爸爸匆忙地带到法国，再找到你的视频仔细看，却忍不住泪流满面。原来那日你接受采访，提到最多的人是我，你说虽然有那么多人听你的歌，你却只希望一个人懂。再去听你的歌，竟是王力宏的《另一个天堂》——

　　你取代　前一秒我生命的空白

　　问题忽然找到答案

　　不用解释也明白

　　你的微笑是一个暗号

　　我能解读　那多美好

　　梦想不大　想永远停在这一秒

　　你为我的世界　重新彩绘

　　是你带我找到另一个天堂

　　远比想象中更美

　　我们怀抱里的这一个天堂

　　每一个梦想　有无限的快乐

　　相信你是我的另一个天堂

　　给的爱多么纯粹

　　因为你而存在这一个天堂

　　爱是直达的路线

　　因为你而存在这一个天堂

　　只想陪在你身边

谁会把你喜欢得这么好

The one who stands by you forever

......

　　"甜言蜜语，要说给左耳听。"你用动情的歌声唱尽流年的千般婉转，我短暂失聪的双耳却自始至终没有听见。我们的情谊，终像枝头的叶子一样飘落，深埋住所有过往。而你不知，在法国的无数个日子，我躺在如记忆一般厚重的落叶里，伴着你赠予的航海模型、老式唱片机、大海贝和漂流瓶，听你动情的歌声一遍遍在耳边吟唱。

　　而后，泪流成河。

/// 豆芽豆芽，我背你过河

豆芽是个大女孩儿了，比小时候要重许多，我要用力地背。

1

豆芽是个可爱的女孩儿，总是喜欢穿着一双偌大的拖鞋，"吧唧吧唧"地从我的面前走过。

看见她，我总会喊："豆芽豆芽，让我背你过河！"

于是豆芽的脸红了，眼睛盯着从拖鞋里露出的脚趾头，说："你——你要愿意，你就来吧！"

然后，我就屁颠屁颠地穿过我家用青藤制造的篱笆，跑到豆芽跟前，说："来，我背你过河。"说这些话的时候，小小的我感觉自己很有男子汉的气概。

豆芽儿的脸肯定会再次变红，像是开在我家阳台上红色的绣球花，在阳光下甜甜地绽开。然后，她会把两只手伸出来，闭上眼睛，等待我的肩膀靠过去。

豆芽趴在我背上的时候，总是听见她"咯咯咯"的笑声，好像她受到了什么特别甜蜜的刺激似的。于是，我就腾出揽在豆芽腰上的一只手，戳戳她的胳肢窝。然后，她就更加肆无忌惮地笑出来，无法无天，身子在背后胡乱颤动着。

终于走不动的时候，我便选择一个坡地，把豆芽放下来，和她并肩坐在一起，对着蓝色的天空里棉花糖似的云，说好多好多的话。

直到太阳从我家的屋顶上掉下去，掉进豆芽家后面的河水里。

2

豆芽的爸爸是开公司的，所以豆芽家的房子是我们那块儿最漂亮最豪华的。每次经过她家的时候，小伙伴们总是说："豆芽肯定在里面玩着很酷很酷的玩具。"于是，我便把脑袋用力地往她家的门缝里塞，希望看见可爱的豆芽。

但是她好像消失了一样，总也看不见。于是，我站在那里，把眼睛睁得大大的，朝里边看。于是，我的小伙伴们大笑说："呵呵，癞蛤蟆想吃天鹅肉啦。"然后他们唱着童真的歌曲，跑远了。丢下我一个人，站在明晃晃的太阳下，想方设法把脑袋往豆芽家里塞。

遇到你之前我没想过要喜欢一个人，遇到你之后我没心思想喜欢其他人。

——李宫俊的诗

汗水流下来了，我用晒得发黑的胳膊使劲擦了；口渴了，我就飞奔到豆芽家后面的河水里，"咕咕"地灌几口河水，再跑回来；站累了，我就靠在豆芽家的门边，吊着脑袋往里瞅。可是豆芽总是不出来，我就一天天地等下去。我想，总有一天，我会等到她出来的。

那一次，豆芽真的出来了，抱着她心爱的玩具。我在豆芽家的门口用力瞧，不小心滑倒，脑袋撞在豆芽家高大的铁门上。铁门发出震天响的声音，惊动了在大门内睡觉的阿黄。阿黄狂吠着，飞快地追出来。我急了，没头苍蝇般地乱跑。阿黄在我的身后拼命地追，仿佛我是一块美味的骨头。由于之前站久了，腿本来就特困，跑了没多远，我就一头栽倒在地上，一只鞋子飞出好远。阿黄刹住车，停下来，并没有咬我，开始在我的身边转来转去，偶尔还摇摇它的尾巴。

我在地上大口大口地喘气。

就在这时，豆芽趿拉着大拖鞋走了过来，脸上依然有笑容，但更多的却是怜惜。她问："怎么，你在我家门口惹阿黄了？"

"我，我只是，在，那儿玩。"结结巴巴。

"咯咯，你看，你掉进河里了！"豆芽把手捂在嘴巴上，很惊讶的样子。

我转身，发现我正躺在平时和豆芽玩过河游戏时的那条河里。这次是我的脸"刷"地红了，好像触碰到了什么不能触碰的东西。

豆芽笑得更欢了，我也笑了。两个小小的脸在明亮的阳光里像花儿一样，灿烂地开放。

3

豆芽上中学了，和我在同一个班。上学回家我们都在一块儿，两个人并肩走在一起，有说有笑，甜滋滋的。我真希望这样的日子永远下去，没有终止。

在校园里有绯闻传出，说我和豆芽是一对儿。我听见了，心里偷偷地笑了很久，"一对儿就一对儿，那有什么不好。"

我把这些告诉豆芽的时候，豆芽睁大自己的眼睛，不相信地说："什么？谁说我们是一对儿？"

从此，我开始形单影只。虽然我很想很想和豆芽在一起。

豆芽看见我，老是在躲避着什么。我看见她的眼神，慌慌的，好像我是个凶神恶煞的魔鬼，要掳去她的魂。

豆芽恋爱了，我们学校的头号校草：棱角分明的脸庞，剑眉星目，略微卷曲的头发看上去老是湿漉漉的，像刚洗过。打着耳洞，喜欢穿白色的T恤，蓝色牛仔裤，白色NIKE休闲鞋。他叫寒羽。

豆芽自然成了大家心目中公认的公主。

王子和公主走在一起，风度翩然，仪态万方。别人艳羡的目光和惊奇的口哨声在他们的身边此起彼伏。我的心，却在他们的欢笑和快乐背后，一点点破碎，像水晶粒儿撒了一地。

心碎了，梦灭了，爱走了，我还能做什么？

只有默默地祝她幸福。豆芽，你一定要幸福！

4

学校搬迁了，因为学校周边的闹市区日益繁华，教学质量受到了严重的影响。地址在豆芽家的背后，河的那一边。

豆芽依旧和王子寒羽好着，两个人没有吵架没有烦心没有别扭，在别人的眼里他们是一对天造地设的金童玉女。

我依旧是一个人，孤单的一个人。

夏日，放学后，一阵雷雨把所有的同学都困在屋檐下。雷鸣和闪电交替，天渐渐暗淡，同学们的脸上一点又一点的焦急跳出来。我略微偏头，看见豆芽躲在王子的衣服下，幸福地笑。遇见我的目光时，豆芽灿烂的笑容飞走了。

我默默地，把泪水往自己的肚子里咽。

雨停了，同学们拥挤着出了校门。同学们四散，我依旧一个人。

河里来洪水了，尽管洪水不大，但是通向彼岸的年久失修的木桥坍塌了，"哗啦啦"的水流击打着倒在水中的橡木。家在彼岸的人都沉默，包括豆芽和我。

寒羽走了，因为他接到了他爸爸催他回家的电话。豆芽被丢在那里，孤孤单单一个人。

许多同学都脱了鞋子，相互搀扶着蹚到河的对岸去了。到最后，只剩下豆芽和我。

豆芽低着头，望着自己从凉鞋里钻出来的脚趾头，不说话。

我站在离她不远的地方，呆呆的，不知道该怎么办。很长时间没有和她说话了，我不敢肯定她是不是还愿意和我说一句话，我不知道我们再面对面的时候，嘴角还能不能绽开一丝微笑。如若我背她过河了，明天到学校，我会不会再次成为别人眼中想吃天鹅肉的癞蛤蟆？她的王子会不会对着我，抛下一个不屑的眼神，牵着她的手，不顾我的感受，离开？

我在顾及，我在犹豫，我的心好乱好乱。

豆芽低着头，望着自己从凉鞋里钻出来的脚趾头，不说话。夜晚的风吹起她单薄的衣角，在风中寂寞地响着，声声呜咽。

我该怎么办？

不管什么时候，只要你找我，我心里就会莫名的开心。
——李宫俊的诗

我的脚步，不忠于我的思想，迈了出去。

豆芽抬头，眼睛里闪着泪光和希望，浅浅地笑了。

"走吧，豆芽。让我背你过河！"我轻声说。

"你——你要愿意，你就来吧！"豆芽轻轻地说。她白皙的手臂伸出来，眼睛闭上了，微笑。

我的肩膀靠过去，背起豆芽。豆芽是个大女孩儿了，比小时候要重许多，我要用力地背。

光脚走在混水里，鹅卵石痒着脚心，我在水里不断地摇晃。"咯咯咯"，我听见豆芽的笑声在我的后背响起来。我心里想着，背豆芽儿，一定要让她开心，让她觉得安稳。于是，我更加努力地去站稳，然后迈步，在浑浊的水里……

终于到对岸，我把豆芽放在一片干燥的地上，穿鞋。豆芽挠挠我的胳肢窝，说："你看，天上有好多好多的棉花糖。"

我抬头，天空中的乌云已经消散，大片大片的白云像肥胖的鱼在天空里游泳。

5

因为桥没有修好，接下来的日子，我每天都背着豆芽上学、回家。

过河之前，我总是说："豆芽，让我背你过河。"

然后豆芽的脸有些红地说："你要愿意，你就来吧！"于是她便把双手伸出来，闭上眼睛。

我便走上去，背起她，稳重的，把她背到河对岸。

在学校里，许多同学都在传，说我把豆芽从寒羽的手里抢跑了，豆芽再也不是美丽的公主了。我的心很痛，我不要他们说是我抢走了豆芽，明明豆芽原来是我的，是寒羽抢走了我的豆芽；我也不希望听他们说，豆芽不再是公主了，因为自始至终，豆芽都是我心中的白雪公主。

于是，我对着众多的人疯狂地大叫："我没从寒羽手里抢豆芽，豆芽永远都是公主，她是世界上最美丽的公主！"

有人在窃窃私语，说癞蛤蟆想吃天鹅肉。我不在乎这一切，我在乎的只是豆芽在不在我的身边。

寒羽把我扯到墙角，狠狠地说："小子，你别牛，我会把豆芽抢回来的！"说完，他踹了我小腹一脚，哼着歌儿走远了，飞扬跋扈。

我疼痛地待在原地，不能动弹。我知道，有时候，为爱，是要付出代价的。所以，我要一如既往地对豆芽好，背豆芽过河。这河，大大小小、深深浅浅、长长短短、水清水浊，一切都有可能。但是我愿意，永远。

会不会，有一天，你会跟着岁月回来，带着曾经来找我。
——李宫俊的诗

过河的时候，我对豆芽说："我愿意永远背你过河。"

豆芽在我的背上，"咯咯咯"地笑。她拿手指戳我的胳肢窝，说："呵呵，我也希望有人能永远背我啊！"

虽然我看不见豆芽的脸，但是，我想她的脸一定在我的背后微微红了，在太阳下，像极了小时候开放在我家阳台上的绣球花。

我偷偷地笑了，河水在我们身后"哗啦啦"地唱歌。

6

寒羽说："小子，有本事让豆芽选择你吧！"

我狠狠地说："看豆芽到底选择谁！"

天晴朗，风若有似无地吹着。一道白色的铁栅栏上爬满了常绿的藤蔓，光影在地上寂寞地摇来摇去。两个人背对着，无言，共同朝向路的那一头。

我和寒羽，等待豆芽的到来。

豆芽走来，沉默。她站在我们中间，我们各为等腰三角形的一个顶点。她的目光在我和寒羽的脸上扫来扫去，很惊讶的样子，仿佛我们不应该站在这里。

是寒羽先约了我，又约了豆芽，豆芽并不知情。既然她来了，她就要在我和寒羽之间做出选择。

沉默，三个人彼此对峙。时光在每个人的脸上停止流转，度日如年。

"豆芽，你在我们之间做个选择吧！不然的话，我们每个人都痛苦都受折磨。"寒羽打破了僵持的局面。

豆芽无言，目光继续在我和寒羽的脸上游移。

"那你们先对我说句话吧！你们最想对我说的话。"豆芽缓慢地说，眼睛里有点点晶莹闪烁，一对脸蛋儿憋得通红。

"豆芽，我爱你！"寒羽说："我愿意给你我的所有。"

两双眼睛转向我，我对着豆芽："豆芽豆芽，让我背你过河。"寒羽转过身去，"哈哈"地笑着，腰身很剧烈地颤动着。

豆芽微微露出一丝笑："看来，我是不得不做出抉择的时候了。"她的泪水终于忍不住，流了出来，在脸庞上划下一道明亮的线条。在阳光下，好像一道伤口，明媚而脆弱。

我和寒羽都在等待，等待豆芽选择的结果。

豆芽也在抉择，一场内心没有硝烟的战争，正激烈。

时光再次停止。

把一个带给自己很多回忆的人当成陌生人，很难吧。
——李宫俊的诗

豆芽走向寒羽，轻轻地。寒羽的脸上闪现出喜悦的光泽，我的心忽然很痛很痛。我低下头，等待最后的一刻的判决。

"对不起，寒羽。"豆芽的声音钻进我的耳膜，轻轻的。

她竟然跟寒羽说对不起，那她选择我了？

豆芽走向我。

"对不起，芽子，我真的不知道该怎么选择！"说完，她飞也似的跑了。我听到什么巨响在头顶炸开，轰轰然。

绿藤旁，光影下，剩下两个男生，相对无言。

"豆芽豆芽，让我背你过河！"

"你——你要愿意，就来吧！"

两个小孩子，在不远处，玩着我们曾经玩过的游戏……

/// 双生花之恋

广阔的雪地反射着寒冷刺眼的光芒，那可是，属于我的极地阳光？

柳子悦：

新学校，新环境，新心情。我在公告栏里看见自己的名字，细看，然后从众多的脑袋上扫过去，寻找余宁的名字。2班和5班，没有分在一起。看来，我还需要付出更多努力。

班上有一个女孩。脸型、表情、举止，都和余宁如出一辙。只是此女孩眼神落寞，装扮冷艳惊人，成熟的气息不时散射。在班会上听见她介绍自己："丁小小，喜欢文字、约会以及恋爱。"简短直白，过耳不忘。

于此，没有想太多。我只是想着怎样才能和余宁走在一块。两年来的沉默，现在不应该再继续。否则，青春的色彩太过单调，而那颗心，也会落寞到麻木。我要抛弃这些，我要制造幸福快乐。

我告诉你，我想你。不是一刻，是一直。
——李宫俊的诗

余宁的班级在我们的下边。站在走廊里,只要伸头,就可以看见她班上的同学。余宁似乎从来不午休。每到中午,她就站在走廊里,于低矮的墙壁上摊开她喜欢的书。她低头,在阳光里一字一字地读,安静而寂寞。我站在她的上一层,低头看她,她从来不曾发现。

那一刻,我想,我们是站立在同一条垂直线上的。同样的经度纬度甚至风吹来的方向。我们是那么默契地站立着,不说话,只是相对,眼神说明一切。一个人的想象,竟是如此美妙。

我终究在那个明媚的中午,将粘着字条的透明胶带伸下去,在余宁面前摇摆。她发现,稍微犹豫不决,就转身走开了。我有些失落,站着发呆。没想到几分钟后她跑出来,将字条取下了。

她低头看着,我看见她脸上慢慢漾开的微笑和羞红。她不说什么,拉拉胶带。我拉上去,然后飞快地冲下楼。我即将和她站在一起。不只在同一线,还在一个面上……

余宁:

我不知道,将近三年的时间,柳子悦安静地守候了我多久。以前的我毫不起眼,却引得他每每目光远送。我一直默默地将那份喜悦藏在心底。我们都还年幼,脆弱的肩膀载不动太多的孤单。我这样想着,就让他等了三年。三年的时间,能坚持下来,足见他的真心。

知道他的班级在我们顶上。我不再安静，下课会到走廊走动。午休也放弃了，我选择在走廊里读书。我是那么希望，他能在某个瞬间，一低头就看见我恬静的脸庞。那样，也算对他长久坚持的一个回应吧！

他终是发现我了，每天俯下身子看我。我明白，却不抬头相迎。但是，当他的胶带粘着纸条送下来的时候，我的心还是悸动了好久。我抓住它，就像抓住了时光的尾巴，感觉它正幸福地载着我快乐飞翔。

他跑下来了，紧张的呼吸和快乐的笑脸。这张脸，我是如此熟悉。多少回粉梦深处，它曾细致地出现，凹凸折皱，分明如斯。我笑，灿烂无比，"柳子悦，你真会玩儿。"

他再次笑，"为你，千千万万遍，值得。"这句话说完，我忽然就沉默了。这是对过往的总结，还是对未来的期许？为你，千千万万遍，柳子悦，我也想这样对你说呢。只是，我的心却"突突"地跳得厉害，一时不曾说出。

两人在一起的日子，是那么快乐。细小琐碎的幸福，点滴的温暖和偶尔酸涩的思念，把天空涂抹得深蓝一片。我想，我会是柳子悦永远的余宁，而他，也一定会是余宁最亲密的柳子悦。

有些人，终究做朋友就好。因为退一步舍不得，进一步又没资格。
——李宫俊的诗

丁小小：

生活一直在行进，以一种不可抵挡的速度。我们是光阴之河中的漂流之叶，相遇、分开、擦肩、暧昧。

高中之前，我从来不愿意相信青涩的感情。我把它们视为冲动。书上说得好，冲动是魔鬼。魔鬼能带来什么好结果？可现在，我渐渐开始相信心底那丝丝缕缕的萌动，它们伴随着身体不断成长。当身体变得富有活力，那些萌动，也生长得枝繁叶茂了。

一切都因为他。柳子悦，一个好听的名字。我先喜欢上这个名字，然后才喜欢上他的与众不同：眼神迷离，时常有雾气般的忧郁，挺拔的鼻梁，略微发黄的头发。交际广泛，静如处子，动如脱兔。闲暇时最安静的是他，篮球场上最活跃的是他。他不午休，在每个中午时分喜欢把头伸出矮墙，望着下面，安静地发呆和微笑，无限满足。

因为他，我丢弃了午休的习惯。中午，我会在教室做习题，偶尔看些青春小说。但无论如何，我的心总会被他牵引。不时在视线里看到他的影子，我才能安心，心情也会因他而莫名地变化。

我决定让我心中那些蓬勃的嫩绿叶子看见阳光。

走廊里，我忽然的出现给了他不小的意外。"柳子悦，我发现我喜欢上你了。"我望着他，声音响亮。他在我面前莫名失措，眼睑低垂，轻声说："我们不合适。"

谁会把你喜欢得这么好
The one who stands by you forever

"不管怎样，反正你是逃不掉的。"我拍拍他的肩膀，悠然离开。

他在原地呆呆发愣。

从来没有想过，我的表白会如此的直白。小说里那些一说话就脸红，细声细气的女孩子性格，我一点也没学会。

刚到他身边时，我也曾顺眼看见他凝视的那个女孩。她对着书，一字一字地念读，表情安静。柳子悦如此看她，是他喜欢上了她？

柳子悦：

时间的流淌开始如电影里面那样，被拉长，抑或缩短。

余宁，真的和我想象中的一模一样。她安静、沉着，说话不紧不慢，做事不愠不火，从不让人觉得失望。当她对我说起她一直知道我喜欢她的时候，内心的某块缺失很快就被弥补上了。我在心里说，余宁，喜欢你，用尽我全心全力。

我和她的青春很繁盛：并肩行走在清新的风里，躺在绿荫如盖的草地，在椅子上刻下我们的诺言，幸福的暖流在心底涌动起无数的波光，时光被我们描绘在记忆的画板……那些轻盈的心情，前所未有地舒畅温暖。我们在一起，天也晴了，花也开了，连微风也沉醉了。

一个小插曲：丁小小居然当着我的面说她喜欢我，还说我怎么也

如果幸运是遇到一个爱你的人，那么幸福就是你懂得好好爱惜这个人。
——李宫俊的诗

逃不掉。当时我的思绪出现短暂的空白，然后又恢复正常。我已经和余宁在一块儿了，虽然还算不上轰轰烈烈，却也是心灵相托。三年的时光积淀出的感情，怎么会是因风而动摇的云朵？

只是，看见丁小小或者余宁，我的神思总有些恍惚。有时心里还会把她们交换，可能她们长得太相像了吧！

我不断告诉自己：一切是余宁，余宁是一切。除她之外，我的天空不要再留下其他女孩的痕迹。

丁小小：

我是那样地思念一个人。柳子悦在的时候，不在的时候，白天，黑夜。我对他表明了我的心声，他没有说太多的话。他是不是不能接受我的表白方式呢？而那天，当我坐在镜子面前，我才发现楼下他看的那个女孩儿有着和我相像的脸庞。

怎么会呢？柳子悦如若喜欢她，那么也一定喜欢她的脸庞。如果换作我，柳子悦是否也一样地喜欢呢？这样想着，内心便莫名其妙地充满了得意和快乐。

不出我所料，柳子悦的确喜欢那个叫余宁的女生的，而且他们很快走到一起。窗前柳下，操场花园，都有他们在一起的身影。我是那么地羡慕。有一分钟，我竟忘记了自己的立场，为他们祈祷了一番。后来再想想，幸福是争取得到的，我不能再迟疑了。

他们坐在花园的长凳上，你依我侬地无比亲密。管不了什么，我走过去，"柳子悦，我喜欢你，我想约你出去一起吃饭。"我的话像一条小径，就那么直直地伸向远方。我期待着柳子悦的回答，以及余宁的吃醋。

可余宁却呆愣地站了起来，盯着我，眼神再也不肯离开。她也发现我和她长得很相像吗？这个世界上相像的东西多了，又何必在乎那偶尔的意外呢。我拿眼睛望她，她水灵的眼睛里充满了不解，当然也有一丝气愤。

柳子悦低声说："不好意思，我和余宁要去逛街。"我知道，在她心爱的女孩面前，他不会作出答应我的决定。好的，我再找机会吧！

就这样，我再次跟内心强烈的愿望妥协了。爱一个人，就要为这个人有所牺牲吧！

柳子悦：

我知道，这么久时间以来，我喜欢的是余宁。

可是，丁小小一次次有意无意地靠近，让我更加恍惚：当她站

不喜欢人山人海，只因人山人海中没有你。
——李宫俊的诗

起来回答老师的问题，当她在教室里轻轻走动，当她微微地扬起嘴角……我总在这时想起余宁，而丁小小的身影，也不可遏止地在脑海里飘荡。

有细心的同学开始私下里议论，柳子悦在暗恋丁小小。

我依旧沉默着。我避免直接看她，甚至听她的声音，可脑海里的她却久久地恍惚着，似是魔咒，怎么也甩不掉。

理智地说，我当然要和余宁在一起。可丁小小在我的脑海里不停地闪烁，又说明了什么呢？

时间久了，这种感觉竟然渐渐加剧，烦乱有过之而无不及。而丁小小，继续不断地出现在我面前，我无法拒绝她。我感觉拒绝了她，就像拒绝了余宁，心下不忍。

两难的泥淖，就这样横亘在我的面前，除了苦苦地挣扎，我没有别的选择。

余宁：

柳子悦的神思常常恍惚，我能感觉得到。许多次我跟他说话，他都忽然惊醒似的说："哦——哦——"

对他，我依然没有变化，我的态度，我的感情，以及对待他的方式。我们说好了的，为你，千千万万遍。

可事实是，他真的变了。问他为什么，他只是挠着脑门抓着头发，仿佛努力思考什么的样子，但话，却未曾说一句。他有什么心事吧！

全年级冠亚军篮球争霸赛。作为主力的他竟然失手，飞来的篮球砸在他的脸上，鼻腔流血，继而躺倒在地晕死过去。我冲上去，拉他，没有反应。

一路奔跑着去医院，他被一个男生背着，我在后面紧紧追随……

他终于睡着了，药液点点滴滴地流进他的血管。我望着他年轻有力的身体，俊逸的脸型，挺拔的鼻梁，以及牵过我无数次的手。

忽然发现他纯白的护腕上有一滴血斑，是他晕倒过去时掉的吧。我轻慢地取下来，拿香皂去了水房。等我把护腕洗干净了，他也该清醒了。

他终是微微睁开了眼睛。"柳子悦，你终于醒了。"我喜出望外。

他努力地抽动嘴角，眼神迷蒙，"谢谢你，小小。"

我伸向他的手忽然停顿下来。你听，他惦记的是小小呢。那这么长时间以来，我又算什么呢？四年来，我用心珍藏着他的点滴，如数

我的回忆很美好，因为曾经假不了。
——李宫俊的诗

家珍。如今，又有什么用？不争气的眼泪砸落下来，打在手背上，冰凉。柳子悦，我们是时候说再见了。

我起身离开。西北风忽忽地迎面吹刮过来，我试图拉紧衣领，却发现，冻得发紫的手里还紧紧地握着那只护腕。

想扔了它，却又不舍。那就留下吧，算是个微小且珍重的纪念。

丁小小：

柳子悦终于对我有好感了。他开始和我说话，尽管许多时候他像掉了魂似的。

因为他，我的文字不再充满忧伤。他是一道温暖的极地阳光，融化我的千年冰川。

可是他，自从受伤归来后，就不再对我如往常那样。他对我说："丁小小，我做了一场迷幻的梦，我不要它再继续。"然后，他陷入沉默。我们开始变得像陌生人一样。

应该发生什么事了吧！

我去找余宁。她是最了解柳子悦的。

低头抬头间，我发现，我和余宁是那么像，脸型、眼睛、鼻子、嘴巴，甚至还有酒窝。我低声问她，"究竟发生了什么呢？"

她冷冷地说："他喜欢的人是你，我已经放手。"

可是他对我说，他只是做了一场迷梦，和我不会再继续。

那和我有什么关系？

"把他的那只护腕给我吧！"我请求余宁。她闪过小小的惊讶。她可能不曾想到，我会认识柳子悦的护腕。那上面有个小小的"丁"字，为掩人耳目，我把最后的落笔写得似有若无。"你有那么多关于他的记忆，而我，什么也没有。"

余宁终于将他的护腕取下来，递到了我手上。我看见，她低垂的眼睑下有泪滑落。

我匆忙转身，眼泪忍不住掉落在雪层里。

广阔的雪地反射着寒冷刺眼的光芒，那可是，属于我的极地阳光？

柳子悦：

那一篮球，打得我生疼，却也让我走出了迷糊，不必再在痛苦中抉择。

我认错了人，说错了话，四年的恋情，因为一句话而烟消云散。我明白，余宁是无论如何也不能接受这样的现实。她是个好女孩，我的话却深深伤了她。我们的爱，我们的那些诺言，没有办法继续下去

人最大的错误莫过于，太在乎别人的感受，却从不为自己着想。
——李宫俊的诗

了。那么，就到此为止吧。

丁小小，我终是记住了你。我甚至在余宁面前说出了你的名字。那让她很难受，也让我觉得荒唐。为何你们如此相像呢？我云里来雾里去，竟然混淆了谁到底是谁。我们只能分开，请你原谅。或许那样，我的心里才不会那样长久地感觉自责和愧疚。

我对自己说，一切只是场迷梦。可这话谁相信呢，连我自己都觉得这话单薄得像一张纸。可除了自欺欺人，我好像也没有更好的办法了。

生活依旧继续，竟忽然听说余宁和丁小小是双生花。她们的父母在她们很小时就离了婚，双生儿各自扶养一个。怪不得她们如此相像！而她们，在同一所学校都喜欢上了我！可是我，说错了一句话，却伤害了两个人，无可挽救。

缘来缘去，青春散场。除了感叹这个年纪有点伤，还能做的，就只有默默地祝福她们：双生花儿，请记得，一定要比我幸福！

CHAPTER 3

你给的爱很安静

静之所感

那时的天空，总是湛蓝盛大得像倒过来的海；那时的窗外，总是生长着几棵油绿的乔木，摇摆的人心生荡漾；那时的课桌上，总是堆满做不完的习题；那时我们稚气未脱的年少面孔上，总是蓬勃着一股年轻的朝气，任凭季节的潮汐来回侵袭，丝毫不曾退却。

那时的我们，年少如花的面孔下，潜藏着一颗敏感而又叛逆的心脏；那时的我们，什么都很在乎，却又必然错过了一些重要的青春事件；那时的我们，总是让微笑盛开如莲花的开落，也让泪水，簌簌滑落像断线的珠子……

那是我们青春最本真的模样，也是我们最富有的年代。当岁月的车轮不断奔向青春的尽头，蓦然回望，才迟迟发觉来时之路竟那么悠长，始终像一曲旋律悠扬的音乐在耳畔汨汨流淌。而道路两边，鲜美的故事与层叠的繁花交相辉映，闪烁着梦幻般的光泽。

安静观望，回想，嘴角会有微笑轻轻流溢，眼角却也一点点变得柔软潮湿。是那些美好的青春细节与神经的每个末梢暗自约定好了吧？总能在不经意间，让我们回想起，曾经的某个时候，我们的青春曾如何绚烂绽放，而我们的面孔上，有着多鲜活的表情。

只是成长和蜕变向来是波涛汹涌的洪流，自始至终无法拒绝。我们或许会倔强地选择逆流而上，然而冲击我们的洋流，会令身心疼痛得更加厉害。我们为此痛苦、纠结、流泪，也为此挣扎、奋发、前行，最终却还是被浪潮无情地送回岸边，像一条搁浅的鱼。

对此，我们或许会默默仰望着天空，发出一声忧郁的怅叹；或许会抑制着情绪的左奔右突，把心事化作笔下来回纠缠与诉说的文字；也或许会执着地怀念起那些生机勃勃的美景，以及美景中我们永远清澈的年少面孔……

对青春作为单行道的本质的感知，我们始终缺乏敏感的触角。只是渐渐在眼泪和欢笑中穿行得久了，在沮丧与奋发中徘徊得多了，在失败与成功中体会得真了，我们也终于愈加趋近梦想的光亮，更加感受到成熟的招引。

而这一切，毫不招摇地表明：青春的尽头，已离我们越来越近。而那些独独属于青春的美好，又已经渐行渐远在来时的路途。好在我们，已在诸般世事的历练中日渐变得成熟。虽然心房的某个位置还能觉察到青春的风吹草动，脸上却再也不愿表现得太明显。

陈奕迅说：在有生之年能遇见你，竟花光所有运气。

——李宫俊的诗

我们终于不可遏制地长大了。我们终于可以假装着淡忘那些大大小小的青春破事，忘却闪亮过我们青春的年少容颜。我们终于可以学着大人的模样，语重心长地教育身边像我们当年一样懵懂的弟弟妹妹。我们也终于，丢弃了年少时那个敏感而脆弱的自己。

　　至此，青春里的所有拥有，终于化作了生命里一段如梦般轻盈易散的记忆，我们来不及道一声再见，一切就早已模糊成伤。北岛说："那时我们有梦，关于文学，关于爱情，关于穿越世界的旅行。如今我们深夜饮酒，杯子碰到一起，都是梦碎的声音。"

/// 长安南路走九遍

"我不会把你的秘密告诉别人的!"

1

在长安中学的糟乱生活,让乔娜有些焦头烂额,所以入学不久,她就跑去学校贴吧,写了篇题为《无聊瞎吐槽,经典不解释》的帖子,来疏解心中无形的压力。

却不想受到众多吧友的力顶,他们纷纷跟帖,盛赞乔娜替大家表达了心声。这种书写让乔娜产生了某种快感,于是几乎每天都要上贴吧吐槽一番。

去学校演播厅观看《小时代》时,乔娜哭得稀里哗啦。

叶晓晨就是在这时从身后递来了纸巾。乔娜接过,狠狠擦了一把眼泪,而后转身感谢她。却听叶晓晨小声地问:"你就是学校贴吧里

如果你不是她醉了找的那一个,那你肯定不是她心中的那一个。
——李宫俊的诗

171

的'吐槽王'？"

乔娜一时有些慌乱，但面对叶晓晨强大的气场，她最终还是承认了。

2

看完电影后，乔娜想快点逃走，却在拐角处和叶晓晨撞了个满怀。叶晓晨开门见山地邀请她参加"长安时尚"社团，她支吾着婉拒，然后转身就走。

却听见叶晓晨在身后喊："我不会把你的秘密告诉别人的！"乔娜不以为意，心想：大不了换个账号再战江湖，难道非要这样，才能表现出招我进"长安时尚"的诚意？还没在心里吐槽完叶晓晨，乔娜就被同学传话，说地理老师找她。她的心瞬时"咯噔"了一下：自己前两天刚在贴吧里吐槽地理老师，这么快就被知道了？

敲门进到办公室，地理老师正一脸怒气地望着自己，而叶晓晨也恰巧在另一张桌旁，整理着刚交上来的地理作业。

原来老师们也经常逛学校贴吧。地理老师在看到吐槽自己的帖子后，生气地去找语文老师打听，最后得到的消息是："乔娜写作文的文笔和这篇帖子作者的文笔很相似。"乔娜正欲狡辩，叶晓晨却自告奋勇地说："老师，贴吧里叫'吐槽王'的账号是我的，密码是

××××××，不信的话，您可以上网验证。"

地理老师有些蒙了，悻悻说："那你们先回，这事儿我再调查。"

乔娜加入了"长安时尚"社团。不只因为叶晓晨替她挡了处罚，写了检讨，辞掉了地理课代表，才最终平息了地理老师的怒火，更重要的是，叶晓晨对她说："'长安时尚'真的需要你。"

那是乔娜第一次被身边同学如此看重。

3

加入"长安时尚"后不久，乔娜就应叶晓晨之邀，准备参加元旦晚会的"中学生时装秀"。

那样的活动，生活糟乱的乔娜从未参加过，但面对叶晓晨灼热的眼神和一次次的鼓励，她还是在心里默默给自己打气，认真排练下去。

元旦晚会上，"长安时尚"社团组织出演的"中学生时装秀"赢得了第一名。当乔娜和叶晓晨以及其他成员并肩站在台上接受表彰的时候，她的心里柔柔涌上了一股幸福感。

当然，乔娜也记住了被誉为"长安中学最优秀的少年"——学生会主席黎安洛褒奖她们的话："谁说牛仔裤和晚礼服不可以混

我做过最勇敢的事情，就是被你伤害了还敢继续爱着你。
——李宫俊的诗

搭？今晚，她们就用不同的风格，展现了当代中学生积极向上的乐观精神。"

她在心里嘀咕："那我这条破牛仔裤可以和你高贵的晚礼服混搭吗？"

在后台更衣时，乔娜不经意瞥见了叶晓晨身上的伤痕。它们像可怕的蛆虫，横七竖八地爬在她白净的皮肤上。乔娜看着，心微微疼起来，叶晓晨却告诉了她一件事。

她说，她的那些伤口，是前几日和黎安洛一起去学校后面的水塔玩耍时，不小心在草坡上滑倒，滚下来的时候被草茬划伤的。

原来叶晓晨和黎安洛那么亲密。想到此处，乔娜的心跳忽然漏掉了半拍。

4

小小的嫉妒，开始在心底萌芽。慢慢地，乔娜和叶晓晨有些疏远了。

某天中午放学，叶晓晨打电话给乔娜，说她在回家路上，被一辆摩托车擦伤！希望她妈妈帮她包扎下伤口。

乔娜虽然很担心地询问了叶晓晨的伤势，但还是遗憾地告诉叶晓晨，妈妈这会儿不在家。

叶晓晨自己去诊所包扎了伤口，忽然想起，明天上课要用的资料放在乔娜家里忘拿了，于是打车去了乔娜的家。

推开门时，乔娜正戴着耳机一脸陶醉地听歌。一见叶晓晨，她的表情顿时变得僵硬。更不巧的是，林妈妈就在这时从卧室里穿着家居服走了出来……

叶晓晨盯着乔娜看了半晌，而后瘸着腿离开。很明显，她生气了。

5

乔娜立即追了出去。找到叶晓晨时，她正坐在自习室里干嚼方便面，眼泪因生气而簌簌落下。乔娜难过极了，上前从背后轻轻抱住她，说："叶晓晨，对不起。"

叶晓晨不说话，只是用力擦干眼泪，又将乔娜的手从身上拿开。

乔娜踟蹰着离开，稍后又从学校门口的小饭馆打包回来一碗热汤面，递到叶晓晨面前。

叶晓晨先前的僵硬终于放松下来。只是当她缓慢地将面条扒拉进嘴里时，她的眼泪，再次忍不住滴落了。

你问我喜欢谁，我心里想了想，还是你……
——李宫俊的诗

175

6

　　社团活动周，黎安洛来"长安时尚"参观，再次受到社员们的热烈欢迎。

　　和其他女生一样，乔娜也没放过偷瞄黎安洛的机会。她发现，帅气的黎安洛和叶晓晨之间，并不像叶晓晨所说的那么亲密。

　　果然，在后来的闲谈中，黎安洛询问叶晓晨："上次一起去采集植物标本，你的摔伤怎么样了？"叶晓晨一时羞赧得红了脸，随便找了个蹩脚理由，逃了。

　　后来在乔娜的追问下，叶晓晨交代了实情。她说，她和很多女生一样，暗自喜欢着黎安洛，但也仅限于藏在心底的最深处。上次她对她撒谎，只是为了满足小小的虚荣心……

　　那个晴暖午后，乔娜和叶晓晨聊了很多。叶晓晨说她在乔娜那些调侃戏谑的文字里，看到了自己曾经的影子。她也曾渴望被人认可，但是很难。而今唯有和乔娜的情谊，让她感觉到温暖，特别是那日乔娜送的那碗热汤面，味道是那样熟悉，让她想起了已经过世的，最疼爱她的奶奶。

　　而后她们再一次紧紧相拥，就像拥抱住了各自忧伤的青春。

叶晓晨突然说要离开一段时间，乔娜察觉到叶晓晨眼里潜藏的忧伤，忙问她要去哪儿。叶晓晨笑着说："因为奥赛，我马上要去外地集训，舍不得离开你啊！"

叶晓晨很快离开了长安中学。乔娜给她打电话，在电话里，叶晓晨说，她很快就会回来。等长安南路上的银杏叶全部黄了，等乔娜将整条长安南路走够九遍，她一定就会出现。她一边说，一边乐呵地用嘴巴模仿出飞机穿过云层的声音。

可是过了好久，乔娜还是等不到叶晓晨回来，电话也拨打不通了。乔娜再次想起已经很久没去的学校贴吧，她看了以前的那些吐槽，觉得当时自己的状态真的好差，现在，却又是另一番模样了。

乔娜新开了帖子，标题是《我们说好不分离，要一直一直在一起》。她回忆了很多和叶晓晨的点滴，还承认了当初是她出于嫉妒，才渐渐有些疏远叶晓晨。但那次叶晓晨受伤时，妈妈是真的不在家，叶晓晨推开门看到的那一幕，是妈妈刚从医院下班回家换好衣服……

很久后的某天，这个帖子有了新的跟帖。昵称叫"深爱吐槽王"的吧友说："吐槽王，我一直在。你能把当初的种种负面情绪都抛弃掉，也就一定能等到我病愈回国……"

乔娜见过这个昵称，但直到那一刻，她才确定这个昵称的主人就

比情人浅，比朋友深，比陌生人熟，这就是你。
——李宫俊的诗

是叶晓晨。她曾在她无数个吐槽校园生活的帖子后面留言，鼓励乔娜要乐观些，自信些，开心些。

长安南路上那一树树黄色的银杏叶开始随风散落。乔娜来来回回走了无数个九遍，叶晓晨还是没有出现。

想起前些日子叶晓晨说："时光若水，总是无言。你若安好，便是晴天。"乔娜用力眨了眨湿润的眼，抬头望了望天空，是澄澈得有些忧郁的蓝。于是，她的嘴角又微微扬起来。

/// 火车遥迢入梦来

你也学我，每天清晨听火车鸣响汽笛，什么时候你数的次数够到前两年我等你的次数了，我就坐着火车回来啦。

在踏上去绿城的火车时，我不经意侧脸，就看见了阿亮不舍和祝福的微笑。当然，他极力掩饰着的眼底的忧伤，也被我敏感地察觉。

车子缓缓发动，隔着车窗，我看见阿亮边飞跑边冲我挥手，及至火车开出好远，他才黯然地停下步子，默默转身离去。

我的眼酸涩起来，为阿亮不能与我同去。曾经，我们躺在家乡的草坡上，听着不远处"轰隆隆"驶来的火车，忍不住浮想联翩——

我说："以后我要坐着火车去上海读书，然后在那里定居。"

阿亮忍不住笑："要换作我，定要顺着亚欧大陆桥，跑去欧洲。"

不约而同地，我们选择火车，来承载年少的梦想。侧脸，我看见夕阳余晖落进阿亮眼里，反射出明亮光泽。加上阿亮沉醉的表情，让我感觉到梦想正在闪闪发亮。

因为票价便宜，每个周末，我都坐火车回家。除了从父母跟前领取生活费，还有就是阿亮家离火车站近。一下车，我就跑去找他。有时，我甚至会住在他家，与他畅聊。只是我在火车的轰隆声里，听到了阿亮不经意的叹息。

阿亮说过的最感人的话是："每天清晨快要起床时，听见火车鸣响汽笛进站，我都在想，再过几天，你就会回来……"后面的话，阿亮没说，但我深深明白。

阿亮也坐火车到绿城来过两次。一次是他老家的早酥梨熟了，他怕放置久了不够刚下树时那么甜软，特意来送给我。还有一次是他失恋了，感觉失意，远远跑来找我，却又恰逢我周末回家，两人便一起坐火车回去。

在车厢夹层处，阿亮点燃一支烟，不娴熟地抽。烟雾在他脸周弥散，显得他特别悲伤。忽然，他被呛到，不可遏制地猛咳起来，到最后眼里含了泪花。

我抚着他起伏的背，听他说他是多么喜欢那个姑娘，又听见他絮叨，说生活远比想象中艰难，可能要辜负了我。那种失望乃至绝望的忧伤，我从未在阿亮身上见过。

那次见完面后，阿亮就去了外地打工。我在电话里说他是受了伤就跑的败兵，他却用悠长的叹息来回答我。那时，他在一家公司做装卸工，十分辛苦。

我又问阿亮，"你什么时候回来？"他顿住，似在思考什么，许久，才又说："你们高中不是离绿城火车站近么，你也学我，每天清晨听火车鸣响汽笛，什么时候你数的次数够到前两年我等你的次数了，我就坐着火车回来啦。"

那夜，想着阿亮的话，想起我们约定好要在毕业后一起闯天地，直到淘的金足够买辆火车的梦想，我辗转反侧难以入眠。终是睡着了，却又恍惚听见不远处，有火车正鸣着汽笛进站。盼到最后，我看见阿亮走下火车。我飞奔冲向他，却听见被子落地的声音。

这才发现，泪水凉凉的，打湿了一大片枕巾。黯然溯源，大抵是为我和阿亮亲如手足的感情，为曾经激昂的雄心壮志，为梦想的无法企及，也为我们不完美的青春。

上帝给你缺点，是想让你知道，你跟别人不一样。
——李宫俊的诗

/// 我们的凹凸年代

我俩就似那"凹"，那"凸"，只要心系彼此紧紧拥抱，所有的曲折便都会化作生命中充满爱意的风景。

去绿城的前夜，你辗转反侧，我听闻到你轻微的叹息。

是因生活有太多的未知吧。就如，妈妈遽然离世，你不得不辍学照顾家里。就如，你刚学会料理家务，就有人介绍你去绿城做保姆……

车站，你摩挲着我的肩，若有所思地不说一句话。爸爸叮嘱一句到那边记得来信，别太委屈了自己。你的泪就下来了。匆匆上车后，便再不见你身影。

我正恨你没心没肺。爸爸却横空来了句："不好好学习，以后就跟你姐一样！"我顿时羞愧失言。

对学习，我从不用心，却无比渴望外面的世界——你寄的照片里，明亮的落地窗前，你甜美微笑，背后是林立的大楼；浓荫下，你闲坐石凳，手边的包很有范儿……

每个月，你都会寄来一笔生活费。这让我过得富足，虚荣心极大满足的同时，也更迷恋和向往绿城，学业却逐渐荒废得一塌糊涂。

高考，惨败。爸爸跟你通电话，直责怪我，你也在那头推波助澜，说我没好好学习，枉对家人的心血。本就烦闷的我一气之下，离家出走。

爸爸满世界找我，你也火急火燎地赶回来。最终，你在一家网吧里找到我，紧绷的脸上扯出两线笑。我假装不看你，你把面包和饮料塞到我手里，让我吃喝。

饿极的我悻悻啃了一口，却咽不下去。我想起了妈妈，因为你。岁月艰辛，你原本年轻的脸却皱纹丛生，笑容也含了苍老。泪水跌落，你赶紧拥抱我："傻丫头，你胡乱跑啥？有本事你就和我一样，跑去绿城啊！"

你看，到这时你还不忘拿你半个绿城人的优越感挤对我。我就在那刻下定决心：去复读，再考到绿城去，做出个样子给你看！

一年后，我考取了唐山一家医学院。虽未能到绿城，却距绿城更近。你远远地来看我，包里塞满生活用品。我嫌它们档次低，不情愿用，你隐忍一会，最终还是爆发："你别以为大学就是天堂，节俭点有什么不好？"我默然。等你离开，把那些东西统统换掉。

长假，我去绿城玩儿，顺道看你，才得以目睹你的生活：已不做保姆的你，租住在一间小黑屋内，条件很艰苦。原来，你在绿城的生活并不光鲜……

你给我的生活用品，我又拿出来用了。尔后却又发生了件几近将我击溃的事——和男友同居三个月，我竟然怀孕了。我把这些告诉你，你什么都没说，就挂了电话。

本以为你不会来，可你还是来了。你陪我去做了手术，又在出租屋里熬粥炖汤，全心照顾我。三周后，你准备回绿城，又硬塞给我几百块钱，身上便只剩下回程的车费。

我后悔、愧疚，和男友分了手，集中精力学习。扎实的知识储备和动手能力，让我在毕业前夕同绿城的一家医院达成了意向。我终于可以去绿城了！

到绿城后，我和你住在一起，希望能多给你些照应。领了工资，我想给你点花，你却一口拒绝："用得着钱的地方多着呢，咋就不知道节省呢？"

无奈，我把钱收起，希望再找机会给你。可之后，你仍旧不肯接受。很快，你又回了老家，去照顾体弱多病的爸爸。

谁会把你喜欢得这么好
The one who stands by you forever

爸爸的病花光了你全部的积蓄，还不够。你四处找人借，却似乎忘了我。我责备你："咋就这么生分呢。你说，我们还是姐妹不是？"

你先跟我打哈哈，尔后才语重心长地说："丫头，我们若不是姐妹，这么多年来，我和咱爸努着劲儿供你读书，又是因为啥？现在，我不要你的钱，只是觉得你一个人在绿城打拼不容易，用钱的地方还多着呢……"

可是姐，那些年，你一个人在绿城容易吗？你甘愿用你劳苦的汗水换取我奢侈的快乐，我又怎么会不舍得用我的努力，来减轻你肩上的负担。其实，我俩就似那"凹"，那"凸"，只要心系彼此紧紧拥抱，所有的曲折便都会化作生命中充满爱意的风景。

/// 你给的爱一直很安静

那些爱，谁都没有说出来过，但其实谁都知道，她那么真实可触地存在着，让我们的生命更丰盈。

1

楼道外，喜姐的鞋跟有节奏地敲击着地面走来。教室里顿时翻书声写字声交错，空气里有一点点窒闷在蔓延。

"上次阶段考试的成绩已经出来了，不是很理想。许多简单的题目因为大家疏忽，都丢了分……"这一法宝亮出来，大家连呼吸也变得沉重。苦学有多重要的话开始像长江之水，滔滔不绝地从喜姐嘴里迸出来，冲击我们的耳膜。

或高或低的成绩，让一些人欣喜，也让一些人烦恼。同桌苏吉祥看看我的分数，又呆呆望着自己的数字，忽然趴在桌子上，低声哽咽起来。

2

那一哭，引得许多同学观望，就连讲着提高成绩诀窍的喜姐也走下讲台，来到吉祥身边，轻轻拍打她耸动的肩膀。

喜姐是我们的班主任兼数学老师，也是苏吉祥的妈妈。她对我们很严格，对于吉祥，估计就更严厉了。

吉祥哭的当天，她曾悄悄告诉我，和她交往了两年的男友喜欢上了别的女生，可相依为命多年的妈妈却超级忙，根本无暇顾及她的情绪变化。吉祥哭，不只因为考试失利，还因为她内心感觉孤独，悲伤无处安放。我一次次想劝慰吉祥，可话到嘴边，又无法说出。

那晚，我和吉祥翘了课，去校外四处晃荡。正于某条路上郁郁述说心事时，远远地有手电光晃着照过来——是喜姐，她焦灼地看着紧紧拥在一起的我和吉祥，愤愤喊，"走，走，都给我回去！"然后将我们用力拉起，搀扶着走向学校。

到吉祥家时，我于不经意间，看见喜姐的汗湿透了衣衫，眼睛里，也有泪花在闪烁。

3

周末，喜姐特意从百忙中腾出时间，陪吉祥去公园散步。

眼泪让我明白，你的爱里，掺了许多的水分。
——李宫俊的诗

看了许多美景，吉祥心中积郁的忧伤也似乎浅淡了些，只是一旁的喜姐总是一副欲言又止的样子——她有话对吉祥说，可又总觉得时机不对，怕扫了女儿的好兴致。

倒是吉祥察觉了喜姐的不安，于是她拉着喜姐在凉亭里坐了下来，给了喜姐吐露心声的机会。于是喜姐开口："吉祥，虽然你阶段考试的成绩不好，但是你也不用如此心事重重。我是你的老师，但我更是你的妈妈，我更愿意看到你快乐微笑的样子。"

吉祥在心底长长舒了一口气，她原以为，是妈妈发现了她早恋的迹象，要给她上一堂教育课。但依妈妈所言来看，她似乎并不知情。只是又转念一想，吉祥又怅然了——妈妈还是不够关心她，否则，她那么重的心事她不会看不出来。

4

再次参加完阶段考试后，我跟喜姐请假，说我患了贫血，需要休养一段时日。喜姐有些担心地望我一眼，就批了我的假。

我和吉祥悄悄去了外地，自在地逛了好几天，才乘车回来。旅途让我们疲惫不堪，一回来就挤在我出租屋的床上休息。吉祥还振振有词，喜姐一定不会发现我们的秘密。

当喜姐推开屋门的一刹，正在四仰八叉的吉祥顿时呆了，一时不知如何应对。好在喜姐先冲过来紧紧握住了我的手，"文箸，你好些了吗？"吉祥看着这些，悄悄朝我吐舌头……

"我感觉好多了。"我回答着，察觉喜姐仔细观察了我的脸色，继而是一副终于有些放心的样子——看样子，她没发现我是因为回来时晕车才脸色难看的。接着，她又同吉祥和我闲聊，丝毫不问及吉祥近日的去向。

喜姐走后，吉祥和我为喜姐的举动纳闷许久，才又隐隐觉得我们的举动有些愧对喜姐的大度和爱。特别是吉祥，心底觉得对不起喜姐，语气里竟带了哭的意味。

5

离高考时日不多的时候，我和苏吉祥终于有了紧迫感，我们商定努力拼最后一把。

吉祥和我除了认真上课，把课余时间也充分用来学习。晚自修后，我便随吉祥去她家，接受喜姐的辅导。每每那时，喜姐的态度总是一丝不苟，尽管她的眼中，难以掩饰忙碌一天后的疲惫。她一会儿帮我们细细讲解题目，一会儿又为我俩洗水果，见我们两个不顾夜深还要埋头做习题，她又一次次催促我们早些休息……

渐渐，我和吉祥的成绩都有所提升。面对着红艳的分数，我们对

总有一天，我会再见你，眼里或心里。
——李宫俊的诗

望着彼此开心地笑。其实我们心里都明白，除了我们的努力，喜姐的付出也功不可没。

可她从来都是那种只管付出而不计回报的态度，我们便也学她，丝毫不露心声，而是试图用更好的成绩去默默回报她无言的爱。

6

高考为那些辛苦的日子画上了句点，无论结果是否完美。

我和苏吉祥的梦想竟都奇迹般实现了。临行的前天晚上，吉祥非要让我住她家，我笑着答应下来，原本和吉祥一起睡的喜姐，只得又单独睡到隔壁去。

我提醒她，我们这样做，喜姐心里会不好受。

"我妈能理解"，吉祥说："看到成绩的那一刻，我忽然觉得它最应该拿给妈妈当礼物。没有她的辛苦，便没有我的今天。她除了忙工作，还要对我个别指导，你知道我的基础有多不堪。此外，她还要操持家务，照顾我的生活。发现她双鬓长出白发的时候，我一次次忍住，不让自己哭出来。这么多年来，她一个人其实挺不容易啊！"

……

站台上，拥挤人潮。喜姐和我为吉祥送行。彼此千叮万嘱，互道珍重，却仍是不舍。已经上车的吉祥转身回来，再次紧紧拥抱喜姐和我。她眼含泪花强作笑颜，"我爱你们，你们一定要好好的！"然后才又缓缓退步，冲进车厢坐下来，再也不忍看我们。

火车启动，缓缓驶离站台，渐渐消失……喜姐扶我，我本以为她是想叫我走，却不料她紧紧地趴在了我的身上。她泪光闪烁，对我哽咽着说："你们真让我骄傲！"

7

吉祥失恋后，忽感孤单无助，而前途又太渺茫，她轻易就迷失了自己。

她也不是没有想过振作精神，可她更不想让原本就很累的妈妈再为她担心。犹豫许久，她想到了让我帮她。所以，我向喜姐谎称自己患了贫血，而后和吉祥成功外逃。

我们一起去了各自心仪的大学，亲身体验了一番大学的氛围：优美的校园环境，完备的基础设施，自由的作息时间，朝气蓬勃的学子……我们甚至还去教室听教授讲课，去食堂和大学生一起进餐。切身的体验，让我们知道了下一步究竟该怎么努力。

而喜姐，早就从吉祥不同以往的表现里发现了蛛丝马迹，并多方了解，知道了事实真相。只是她始终没有揭穿吉祥和我拙劣的表演，

一个人是寂寞，想着一个人是孤独。
——李宫俊的诗

191

而是大度地包容了我们，并用爱意轻轻覆住了我们青春里的无助，让我们不至于迷失前行的方向。

高三，这个重要的人生阶段，吉祥和我都得到了足够的成长，而滋润我们的雨露阳光，除了彼此亲密无间的友谊，还有像喜姐这样的好妈妈涓涓细流般的爱意。那些爱，谁都没有说出来过，但其实谁都知道，她那么真实可触地存在着，让我们的生命更丰盈。

/// 又见葵花开成海

那些繁盛的植株高举着花房，在恶劣的气候里迎着阳光开得很顽强。

1

自小，我就被父母当作掌上明珠对待。

可8岁那年，这种状况被打破了。一个叫兰舟的女孩找上门来，交给爸爸一封信。

兰舟是爸爸和妈妈结婚前与另外一个女人的私生女。当时，兰舟妈妈得了重病，于弥留之际，因放心不下唯一的女儿，给爸爸写信求救，希望爸爸能帮她照料女儿。爸爸权衡良久，顶着重重的压力，将兰舟留在了家里。

兰舟的到来使我们家原本平静的生活变得波澜不断。父母为此争斗了好长时间，他们谁也不愿意理谁，让家丧失了融洽和睦的同时，

我笑点这么低，一定是个善良的人。

——李宫俊的诗

也把我打入了冷宫，让我备受冷落。而迟来的兰舟，更是像极了荒野里的蒿草，兀自生长。

我自小被父母娇养惯了，不仅不会做家务，还常常耍脾气闹性子，让父母头疼至极。兰舟则不同，她人长得标致，做起家务来竟然也头头是道。这让父母开始对兰舟赞赏有加，好像兰舟才是他们亲生的，而我是来搭顺车的。

这让我的心里很不舒服，我憎恨兰舟夺走了我的幸福，甚至还把恨意转移到父母身上。

10岁那年，父母带着我和兰舟去郊外看繁盛的葵花田。兰舟坐在花前画一幅葵花图，因笔法流畅，赢得父母不住地夸赞。被冷落在一边的我忍不住心头的怒气，冲上前去，就对兰舟面前的葵花一阵狂踩。

一大片葵花被踩得东倒西歪。父母凶狠的巴掌和严厉的责骂自然没有便宜我。也就在那时，我下定决心：一定要摆脱那个让我不快乐的家。

2

18岁那年，我被绿城一所农业大学录取。大学离家很远，纵使放寒暑假，我也很少回去。毕业后，我又自作主张留在了绿城，开始朝九晚五的生活。

每个月，我会给父母寄钱，偶尔还打电话过去。只是逢年过节，我都会自告奋勇地留在单位加班。不只因为加班费是日常工资的3倍，也是因为我心里抵触，不想回那个让我反感的家。也正好，我可以通过多加班，打拼出一片属于自己的天地来。

春节，我正在加班，爸爸打来电话。他说："你姐的病越来越重了，你帮帮忙吧！"说得唯唯诺诺苦口婆心，让人不忍拒绝。

我便轻轻回答，"好，那你们过来吧，但是我没有钱帮她。"是有气在心里。

兰舟和爸爸来到绿城的时候，我借口有重要的事情处理，没有去接站。后来去了医院，才见到他们。彼时，兰舟紧眯着双眼躺在医院的病床上，爸爸则进进出出地忙碌。

医生说，兰舟的眼睛已经看不清东西了。治疗这种病，最好的方法就是进行角膜移植。我将这些话原原本本转告给爸爸时，他长吁了一口气，似是有无限的悔意。

而治疗费用之高，连我也不曾想到。心急火燎的爸爸坐在病房外的长凳上，除了深深叹气，就是疯了一般地抽烟。我本不应该管的，因为觉得如果现在病倒的是我，爸爸大抵也不会如此着急。但看他一时间苍老了的容颜，我还是心软了。

有时候，我正在听的歌，都是我心里想说的话。
——李宫俊的诗

之前，我刚把一笔钱投入专业研究，所剩无几，只好硬着头皮四处找朋友借。

兰舟的病一天天严重。借钱之事却并不顺利。爸爸着急，走路时背都有些驼了。

好不容易凑够钱，去医院，却不见了爸爸的身影，而兰舟，也已陷入深度昏迷。我匆忙冲到医生办公室询问，得到的消息却是爸爸强烈要求将自己的角膜移植给女儿兰舟。现在，他已被安置在新病房内，准备接受手术。

你看，他为了他的私生女，连命都不顾了。

3

兰舟终于清醒过来。

再看她时，我的眼里多了几丝复杂的感情，是嫉妒，是怨恨。

兰舟告诉我，她想去爸爸的病床前看看。我装作没听见，继续背对着她玩手机。虚弱的兰舟忽然被什么刺痛，忍不住哽咽着问我，"是不是一直以来，你都将我当作敌人？"

我在心底反问她，难道你自己不清楚么？兰舟却继续断断续续地说下去，"一出生，我就是只有妈妈的野孩子。好不容易找到了爸爸，亲生妈妈又离我而去。一直渴盼着能有个无话不谈的好妹妹，却始终难以和你处好关系。我知道，因为我闪电般来到这个家庭，让你失去了许多特别宝贵的东西。你心里一直恨我。"

我仍旧不说什么，轻轻扭动身子，把视线移向凌乱的小桌几。兰舟深深叹息一声，又轻轻道，"我们抽时间一起回家去看妈妈吧，她病了。"

"我工作忙，没有时间。"

两年后，我的研究取得突破性进展。葵花的基因组织被我轻易改变，现在的它们，可以在比先前更为恶劣的环境中种植，并且产量也将提高好多。另外，这种葵花植株低矮，有较强的耐寒性，也极易在花盆内种植，可作为观赏花卉。

就在这时，我意外收到一件来自家乡的厚重邮箱。打开来看，是一幅装裱好的葵花图。那些繁盛的植株高举着花房，在恶劣的气候里迎着阳光开得很顽强。图的左下方，是一枚印章的烙印，兰舟两个字赫然在目。

她真会做人！我虽在心里数落着她，却还是感觉到一丝温暖缓缓流过。继而想起十岁那年，在被父母责打后，我又跑去看那些被踩倒的葵花，它们已经再次强盛地生长起来。它们的花盘追随着太阳，像

我活在，相遇之后，爱恋之间，离别之前。
——李宫俊的诗

197

极了兰舟画作中的这些意象。

4

我辞去了原来的工作，开了一家花卉研究公司，主要培植和经营自己研制的新品种葵。甚至，我还有计划地扩大研究范围，以求有新的突破。

新品种葵花虽有广阔的市场前景，却苦于找不到合适的销售渠道，这让我焦头烂额，甚至一度想到出卖研究成果。兰舟就在这时来找我，她说："希望能和你进行一次合作。"

兰舟想举办一次个人画展，所有的画作都与葵花有关。她说，如果我的公司能支持她，她的画作和我的新品种葵花正好都得以宣传，可谓一箭双雕。而且，兰舟答应，将此次活动的多数经济收益分配给我。

我沉默着看了兰舟许久，又思忖许久，最终将这件事答应下来。或许，这真的是一条找到出路的好方法。

画展名叫葵花海，在绿城的国际展览中心举行。画作中的葵花与摆置在地的盆栽葵花相互辉映，别有一番韵致。前来观看的人你拥我挤，好不热闹。最终，兰舟的两幅葵花图以高价卖出。而我的花卉公司，也终于引来一批投资者。

兰舟和我相约，一起来庆贺画展成功举办。这是这么多年来，我们最为亲近的一次吧。真正闲静地对坐下来，两人之间还是有点儿突兀，有点不自然。讲了许多闲话后，兰舟轻轻拍我的肩，"爸爸想让我告诉你一件事。"

"你说吧，我听着呢。"

"其实，爸妈从来没有生过孩子。前段时间，爸爸要我告诉你这些。他说，你有权利知道这一切。"

原来，我也不过是父母抱养的女儿。想着，眼角就渐渐闪出伤心的泪来。

兰舟走过来，紧紧地抱住我。她说："你一直都那么坚强，你知道吗，爸爸曾在我面前夸赞你，说你是那从来不低头的向日葵。"

我忍不住俯在兰舟身上大哭。兰舟就那样紧紧抱着我，很久很久。

5

我约了兰舟，一起回家看望父母。

家比之前更破旧了。父母虽在一起，生活却充满了孤寂。和兰舟进门后，妈妈转过身去，泪水簌簌滑落，双肩一耸一耸地抖动。爸爸

你变成了那个你曾经说过你永远不会变成的人。
　　　　　　　　——李宫俊的诗

则不停地忙进忙出，乐呵呵地为我们做后勤。从他们的行动中，我看到他们的欣喜：现在，他们的女儿终于回家了，而且两人在一起，毫无隔阂地回来了。

要离开时，我忽然决定，带上父母到绿城去。妈妈推托着不肯前往，却始终还是拗不过我和兰舟，只好一起上了车。

我和兰舟陪着父母，在公司里四处观看。父母在我的办公室里，看见了兰舟先前送我的那幅盛放的葵花图，惊喜之情溢于言表。他们抢着说世界上怎么会有那么美的作品呢。我乐得嘴角上扬，"这是我姐当初送给我的。"

试验田里，葵花正盛开得灿烂，形成一片浩大的花海。我和兰舟搀着父母，缓缓走向花田深处。爸爸面对着眼前的一片明黄，乐呵呵地笑着说："这葵花比我以前见过的要好看许多。你看，那花儿，开得多繁茂，多灿烂！"

"这是妹妹研究出的新品种呢，"兰舟笑着向爸爸解释。

走出不远，爸爸似乎又想起了什么，说："你们小时候，有次，我们去看葵花田……"

不等爸爸说完，我就轻轻上扬了嘴角。岁月艰深，无论我们曾有过多深的隔阂，但至少现在，我们被爱紧紧包裹在了一起。那片曾被我踩踏的葵花，如今也终于绚烂成了一片海，它在我们心里。

/// 你总是不会"谈情说爱"

是用心付出了这么多年，再也改不回来的习惯，是一些如山峦般静默，却始终不肯表露的爱意，绵延涌动。

我是在听到筷子兄弟的那首《父亲》时，想起你的。

你五十多岁了，一个人住在乡下。你舍不得那块守了大半辈子的土地，舍不得家里的猪鸡狗羊和三亩旱田。你不怎么会做饭，生了小病也不愿去诊所，醉酒了就要吵嚷，除非有人将你安顿着睡着。

我打电话给你，许久你才接起。你说你正在喂猪，见护栏松动得不成了，就再做个新的。说话的时候，你尽量压制着自己的喘息，怕我听到。我问你最近烟抽的厉害不，你嘟囔一下说："不厉害。"却还是不可遏止地狂咳起来。我有些生气，"你以后能不能不把烟当饭吃啊！"你赔着笑说："儿子，我听你的。"

泪水忽然就盈满眼眶。你苦了一辈子，现在年岁大了，享点清福多好啊。可你却不听，非要一个人守在老家，不愿和我们一起去绿城，还说你会听我的。

1

原谅我对幼时的事印象淡薄，至今能回忆起的，是你带我去麦田后的那次出逃。

七八岁正是贪玩的年纪。你见我在池塘边玩水，就停在路边喊我。我知道做农活苦，赖着不肯去。你就骗我，“地头有只云雀窝呢，上次我看见过的，今天正好带你去掏。”

虽然怀疑你的话，我最终还是跟你去了。果然，你让我帮你拔田里的杂草，却说不出云雀窝的位置。我偷拔了几把麦子解气。然后又趁你不备，一溜烟地逃跑。

我在河边的树林里痛快地玩了半天，而后又躺在草地上睡觉。等再醒来，夜色竟已漆黑如墨。我只得紧紧咬住嘴唇，摸索着往家里走。一步一步，无比艰难。走出不多远，脚下忽觉一阵稀软，接着身子就开始向下沉。是陷入泥池了！我慌了，用力挣扎，却是越陷越深。我被吓坏了，忍不住号啕大哭起来。

一个亮点不断向我靠近。到跟前，我才发现是你手握电筒来找我。你二话不说，弓下身，用力将我一点点向上拉。然后不顾我浑身臭泥，将我背起，便往家里跑。

原来，你一发现我不在，就开始四处寻找。村子，田野，逐步扩大搜寻范围。实在找不见，就央求邻居们帮忙。那些四散在暗夜的光点，是几十个人手握电筒，呼喊寻觅。也是那天，你为找我，一粒饭都顾不得吃。

当时的我多少是有些失望的。你可真傻，找我苦累了自己不说，还忘记痛快一把。你不知道，趴在你背上的时候，我想到的都是一些爸爸责打孩子的场景。我早早做好了任你处置的准备，你却轻易地给忘记了。

2

青春期，恋爱是件无比重大的事情。我是那么想拥有一段恋情，可你却说要以学习为重，并举出前人头悬梁锥刺股的故事来，试图说服我。

我不理会你说的话，只管对喜爱的女生紧追不舍。眼看就要到手，却在半路杀出个程咬金来——有个男生也正在追我喜欢的女生。

我气得捶胸顿足，和男生约了地点，准备在操场上展开决斗，以此证明谁更有权利和那个女生恋爱。却在打得正激烈疯狂的时候，被突然出现的你阻拦。你紧紧拖着我离开，嘴里不停吼道，"走，你给我走！"

我当时是那么怨你。你不仅让我在气势上输给了对方，也让我少了和女生继续交往的机会。那场来不及破土而出的青春萌芽，就那样，被你生生摧毁。

你说："那个男生都已经挂彩了，你还打人家？再说，你打人这件事根本就不对。好在学校不追究，不然你早就没书可读了。"

我冷笑，"书有什么好念，我正好出去打工！"你忽然急了，一个耳光扇过来，却最终落在了自己脸上。我抬眼望你，你的脸微微红肿起来。你顾不得这些，只是一字一顿地说："你非要像我这般没出息，你就去！"然后，捡起震落在地的帽子径直走远。

我望着你的背影，才发现你的身子在不住颤抖。而你说自己没出息，是因为你准备好去找教学主任求情。因为我打架，学校要将我从尖子班调到普通班，是你苦苦相求，我才继续留在了原来的班级。

你不知道，当我闻听这些的时候，心中有多懊悔。你是为了我，才宁愿那么没出息。如果叛逆的我听了你说的话好好学习，是不是真的就会有出息呢？

3

我领了录取通知书回到家里，你和妈妈都特别激动。你穿了汗衫冲到门外去，不一会儿就拎来一只鸡和两瓶二锅头。妈妈嗔怪你又喝酒，你急急辩解，我好久都没有醉了。

我心里有话想说，却全化作笑容荡在脸上。你端了碟子过来，给我拨大块的鸡肉。你说："吃吧，路上的时候就饿了吧？"你之前从未这样对我。鼻子一酸，泪水就落进了碗里。

大学在绿城。因我从未出过家乡的县城，妈妈让你送我去。你听了就推脱，我还是不去的好。我随即插话，"那就我一个人去吧！"你又赶忙纠正，"那不行，叫人怎么放心！"

最终还是你去了。看见火车站对面的城墙时，你对着我憨笑，眼里却有愁云。原来你也辨不明东西南北。你犹豫一会，还是上前问路。当路人告诉了你，你却拽住那人，非要给他两块钱，吓得那人飞快逃走。我在不远处看着，哭笑不得。

安排好一切，你就要离开。我劝你四处逛逛，你笑着答应下来。原本是打算去大唐芙蓉园的，在我伸手准备打车时，你却指着不远处的塔尖说："我们还是去大雁塔吧。"我随了你，一路步行过去。看见雁塔广场上的旱喷泉，你问我，"儿子，天上的神仙是不是就住这样的地方啊？"我逗你，"是呀！"你立马高兴起来，"呵呵，我终于也到仙境逛了一回！"

送你去火车站。你走出老远又跑回来，将兜里的钱全掏出来，留了车费，剩下的全塞给我。我不要，你将嘴凑到我耳边，"赶紧拿着，别告诉你妈这是我的私房钱啊！"我顿时笑出来，你却转身就走，再也没有回头。

你离开了，我却酸涩不已：一是我只身留在了异乡，忽然感觉很孤单；另外，我知道你很想去大唐芙蓉园看看的，但你还是忍住了，你心疼那些来之不易的钱。而你那么高兴，不过是怕扫了我的兴。

4

我有了工作，劝你把田租给别人种。你说："身子骨儿硬朗着呢，不种闲得慌。"

我要接你和妈妈一起住，你说："你正是干事业的好时候，我们怎么能拖你后腿。"

我要给你买部手机，你说："我不要那家伙，拨弄不来了生气还不能拿鞭子抽。还是安个固定电话好，便宜，你又能打电话到家里。"

这些，我都听了你的。可那次回家，我却吃惊不小。你竟然找人拆了家里的老屋，准备盖一面虎抱头式的平房。我怪你没提前告诉我这件事。你说："你还是专心工作吧，盖房子的事情你也不了解。再说，我和你妈就能忙活过来。"我那时特别忙，实在无法抽身，心里却还是放不下，就想着给你些钱，做活好周转。你笑着说："房子在盖，老大不小的你就差个老婆了！"说着硬是把钱塞到了我包里。

我沉默，因你说的话有理。后来，我找到了老婆，打电话告诉你们这个消息，你和妈妈都欣喜不已。等我们回到家，你们早已将中屋收拾好，准备做我们的婚房。

按家乡的规矩，中屋都是父母住，儿子要住偏房，可你们却非要这样。我不赞成，你却和妈妈异口同声地说偏房空间小，热气不容易跑，睡着前后心都暖和，说完就上了炕坐着。没有办法，我们只得答应住在中屋。

十多天后，我无意间在偏房里发现了三只空饮料瓶和一个热水袋。再掂暖瓶，也是空空如也。原来偏房冷，晚上睡觉你和妈妈都抱热水瓶取暖。鼻子忽然就一阵酸涩。

我和老婆改了计划，当天就要走。你沉默着没说话，眼里亦有不悦。其实没别的想法，我们只是想让你和妈妈能睡得暖和点，不要再为了我们而遭罪。你的头发已经开始花白了，是时候，让儿子为你们做些什么了。

5

奋斗几年，我终于在绿城买了楼房。想接你和妈妈来住，你却死活不肯。你说城里没几个熟人，整天闷在房子里心急。我说你可以去

如果你也和我一样，你就会看到我心里的光。
——李宫俊的诗

茶园子看戏，去逛公园，你又说乡下自在，看着天啊树啊羊啊狗啊都觉得特亲切。

我终是没能劝动你。

你一个人留在老家，种地、养猪养鸡、晒太阳、和乡亲们侃山。打电话时，你说你很好，整天闲着没事做，心情舒畅，人也胖了些。我说那是好事啊，眼睛却一阵温热。因为我听见，那台下岗已久的半导体收音机又复了工，在你身边"吱吱嘶嘶"地响着。

我和妈妈终是放心不下，趁周末回家看你。你责怪妈妈，"怎么回来也不打个招呼！"你是想在我们打电话之后，销毁你破除孤独的证据吧——那一起播放的电视和收音机，烟灰缸里堆积如山的烟头，用来保证睡眠的白色药片……

无论如何，这次我是一定要带你走了。

你把妈妈拉到墙角，嘀咕半天，就出门去散步了。直到我和妈妈要走，都未见你回来。没办法，我们只得离开。却在走出很远蓦然回头时，见你正孤独地立在梁子上，目送我们。身后，是血色夕阳和晚霞，一点点落入山的那一边。

泪水忽然翻涌。妈妈见状，才告诉我实情。你不愿去绿城，不习惯是个原因，更重要的是你觉得住在城里开销大，自己又没事做。你想种地，养猪养鸡，好到时候供给住在城里的我们，让我们的负担没有那么重。

　　那一刻，我终于明白你为什么非要留守乡下。是一些难舍的情愫，一些一旦承担就不愿卸下的责任，是用心付出了这么多年，再也改不回来的习惯，是一些如山峦般静默，却始终不肯表露的爱意，绵延涌动。

　　　　　　　　　　　　当年，我若戏剧般的离开，你是否会戏剧般的回来。
　　　　　　　　　　　　　　　　　　　　　　——李宫俊的诗

/// 你眉心的落雪

我也甘愿日后的操劳，像那斑白霜露，悄然落在我的双鬓、眉心，极轻极柔，就像这么多年来，她给我的爱。

1

得知爸爸不幸亡故，是霜寒正浓的秋夜。妈妈先是不肯相信事实，及至来人从背包中拿出了遗物，才知这事儿真实不虚。可当时，她并没显露丝毫悲伤，而是微笑着哄我："囡囡，爸爸去外地出差，一时半会儿回不来了，你先自个儿睡喽。"

我虽然还小，却还是从妈妈眼中看出异样，于是佯装而睡。妈妈在隔壁长久沉默，手下似乎在窸窸窣窣翻腾旧物。只记得老挂钟响了很多次后，她才最终忍不住，哽咽起来。大概是顾及到隔壁"睡熟"的我，便又用手捂住嘴，尽量不哭出声音来。翌日从睡梦中醒来，身边仍不见惯常静睡的妈妈。当她像平日一样，端着蛋花汤问我早上好的时候，我却察觉到她的双鬓在一夜间被秋霜侵染了一遍。我鼻子一酸，晶莹直向碗里落。妈妈见状，却又乐呵呵哄我，让我心里别想那么多。那天上学的路上，妈妈的车骑得很快，超过了好多同行者。我坐在后座，看见她连续起伏的胸腔，难得听见了她有力的心跳。途中，她仅仅跟我说了一句话，便是："囡囡，你不用替我愁，其实我一直都很坚强，你没看出来？"

是的，她如她所言，很坚强。从那天起，妈妈像彻底变了一个人，干什么事都带着一阵风。往昔她身上的柔弱和细腻，和她先前大红大紫的衣服一样，被她深深压入了箱底。

2

在我的印象里，爸爸永远是那个经常外出，一回家就能带来钱，给一家老小供给吃穿用度的人。当他因车祸离开了我和妈妈，我想的也是，以后没钱了，该怎么办？眼前所见却打消了我的疑虑。在家里，每天早上的蛋花汤、正餐后的苹果，一样都没少。而我的衣着，甚至也要比之前、比其他孩子好。只是有天，我闯了祸。

事情经过是这样：我的钢笔没墨水了，便问同桌借。同桌答应的倒容易，只是在递给我墨水瓶后，低声来了句"没爸的穷鬼"。我立即被触怒，拿起桌上的墨水瓶就冲他摔了出去。他似是早有防备，一闪躲，洁白的墙壁上便遗留下大片蓝。妈妈被班主任叫到了学校，

孤单不可怕，就怕孤独会讲话。
——李宫俊的诗

她所穿的衣服和在家时完全两样。深蓝的制服，蒙着一层灰蒙蒙的粉尘，左胸前还印着几个鲜红楷体字。原来，她到附近的水泥厂去打工了，只是她从没告诉我，也从没在我面前显露出辛苦的模样。在教室后门处，妈妈遭到班主任严肃的批评。我站在她身后，望也不敢望她，只是把头埋得很低。她默默忍着班主任的苛责，把所有过错揽在自己身上，又讨笑着，允诺日后好好教育我。而后，她买来涂料，在同学们的嬉笑里，把有污迹的墙刷成全新的白。

忐忑地回到家，郁郁的她并没打骂我，而是罚我抄一篇作文，自己到厨房去做饭。文章中，女孩很听她妈妈的话，她妈妈便夸她是贴心小棉袄。我抄完，妈妈做的我最喜欢的龙须面也刚好。我吃着，却于某一瞬，明白了妈妈的良苦用心。

3

从那以后，我渐渐改掉调皮习性，学做起乖乖女。年月艰深，我不断成长，而妈妈，也逐渐有衰老的迹象。我总不忘告诫自己，要体贴妈妈，做她的小棉袄。也果真做到了，在学校，我认真学习，一到周末就帮她做力所能及的事。她浣洗累积了一周的脏衣，我便帮她淘洗、拧干，胸前衣襟常弄湿大片；她外出买菜，我便跟屁虫一般尾随，帮她拎大包小包；她身体不舒服，我便促她休息，端水拿药……每每这时，她总会用疲惫的眼望我，脸上带着欣慰的笑。有时，感情到脆弱处，还会隐隐噙了泪花。她心里愧疚给予我的太少，而我感激她为我如此劳累却从无怨言。

同样是在周末，她洗衣前翻我口袋，不料发现了我去医院的检查结果报告单。她一改往日慈爱温情的表情，瞪圆了双眼，用大嗓门冲着我直吼"囡囡，出了这么大事儿，你为何要瞒着我？难道你不知道，身体垮了，未来就无从谈及？"无非是患了贫血而已，多注意饮食，用药物调理一段就好。可她却放下手中的活，立即抓我去了医院，让大夫给做全面检查。但凡我说一个字，她就怒狠狠地瞪我，让我闭嘴。结果却仍是同样。她显然放下心来，脸上微露出笑容，交钱也就极爽快。要在平时，她连给自己买止痛药，也选最廉价的。

那日以后，她开始每天给我做特餐，肉啊蛋啊的从不间断，自己却仍吃青菜加白饭。有次，她看见放学饿极的我狼吞虎咽饭菜，咬了许久嘴唇后，终于无比愧疚地开口："囡囡，原谅妈妈，我太忙了，先前忘了你正在长身体，容易缺营养……"

口中的菜忽然就噎在喉间，泪水簌簌落在了碗里，沾染了饭菜，有点咸。

4

学费逐年攀升，妈妈也更劳累。更让她沉郁的是，因年龄大，她

我失眠想你，却不知道若是忘了你，其实可以睡很好。
——李宫俊的诗

被干了十多年的水泥厂辞退了。望见面带忧愁的我，她却微笑着，不忘鼓励："囡囡，就要高考了，你只管好好加油。眼下这困难，怎么可能难得住我？"我将指尖紧紧扣在掌心，不语，心却暗暗祈祷她日后不要太辛苦。我想过许久了，实在不行，我就辍学，外出打工。可在妈妈面前，辍学那俩字我怎么也说不出口。多次求职失败后，妈妈最终去做了一名清洁工。每天清晨，天还黑蒙蒙，她就出门去了。很多次，我悄然望着她瘦削的身影一点点消失在沉沉夜色中，涌起无限怅然。继而，我会振作精神，亮了灯在桌前温课。那时，我只想和和妈妈一起努力！

当我被外省的一所医学院录取后，妈妈的喜悦无以言表，拥抱着我的身体直打战。临行，她明明不舍，却还是装作无事，在脸上撑出两朵勉强的笑。我亦勉强笑，用手轻拍她微驼的背，最终却头也不回地跑离，因泪水，早滂沱。

大学五年和毕业后的前两年，我都极少回家，而利用闲暇去赚更多的钱，希望能减轻妈妈的负担。她也常答应我不再劳累，却照旧拼命干活。而这一切，是她在某次劳动时晕过去，住了院，我才知道。我佯装不高兴，责备她："你都不听我话，还那么霸道，要我凡事儿听你的。"她笑，继而嗔怪："谁说呢，我听你的话，不干活儿，用劲吃，最后却落了个高血压。"我当即无话可说，和她一起笑起来——这么多年下来，还是数她，最懂我。

在我的坚持下，她终于辞了职，在家休养。作为她唯一的孩子，我又何尝不想妈妈能平平安安，从花甲到古稀，最好再到耄耋。她已六十多岁，行动有些迟缓，偶尔还会腿疼，加之身体肥胖，患有高血压、心脏病，便需要时刻提防，唯恐一个小闪失，就让她陷于命危。

在偌大的活动现场，我兜兜转转，终于找到一台口碑很赞的血压仪，虽价格偏贵，但还是咬咬牙，买了下来。妈妈需要它，虽然她每次都说更愿意去附近的诊所量血压，顺便还能和病友唠唠家常。

当我把血压仪送到她手上，她却含着泪，慢慢走到别屋去。许久，才又拿来一个装满钱的旧匣子。我坚决不要，她却老泪纵横："囡囡，我老了，这么多钱也没处花。这些年我拼命挣钱，无非是希望有朝一日能帮到你。如今，你准备买房，手头肯定紧，还不拿去救急？当然，日后，我要有个头疼脑热，你得无条件照料我。"

我原本想笑妈妈想得太多，最终却鼻头发酸，紧抱着她哭出声来。稍一侧头，我就发现她的双鬓和眉心，都已悄悄落了层岁月的寒霜。我当即决定：在老家绿城找份工作，然后买房，跟妈妈一起住。这些年来，她竭尽心力，试图把最好的生活给我，不惜落下一身病痛。而现在，终于轮到我好好照顾日渐苍老的她。我也甘愿日后的操劳，像那斑白霜露，悄然落在我的双鬓、眉心，极轻极柔，就像这么多年来，她给我的爱。

我会忘记以前的以前，去过以后的以后。
——李宫俊的诗

/// 后记

操场边高大的乔木，应季节之约，枝丫再一次挂满了繁花。花蕾间散发的淡淡清香，招惹来大批的蜂蝶飞舞。阳光暗自躲在繁花的背后，羞红着一张脸偷窥树下的故事。而树下少男少女四目相对的世界，却只听得见如鼓一般的心跳。

抑或是，你静静坐在座位，借一本书的掩饰，暗自观察不远处的他与周边同学聊天，俊逸的眉宇不时上扬出一缕清风，清澈的微笑激荡起层层涟漪。你的心忍不住怦然，却只能把所有的心事装在心里萌芽成一片嫩绿，再没有冲破土层迎向阳光的勇气。

这样的场景，闪现在每个人的青春里。它们像一帧帧浓墨重彩的镜头，拼凑成一部别具青春质感的剧集，在每个人的脑海里安静存放。偶尔遇到某个细节的钩沉，便再也不受控制，自动播放起来，哪怕那些敏感又脆弱的记忆，你并不想触碰。

可是，青春就是这样，有繁花似锦兜头而来的汹涌，便有万叶凋零伊人独立的凄凉；有朝气蓬勃你欢我笑的热闹，就有失魂落魄孑然一身的孤单；有心心念念唯他独尊的执着，便有黯然失神相思成灰的慨叹……只是有时，我们不愿承认罢了。

我们总想着，要把青春紧紧握在掌心，点缀成一幅绚烂的图画，要让青春过得轰轰烈烈且与众不同。于是，在无数个草叶带着寒露的清晨，在艳阳高照肌肤像被火炭炙烤的午后，在点点星光像孩童美眼眨巴的夜晚，我们疯狂地读书做题、跑步、聊天、玩闹……在所有能释放激情、安放梦想的时光罅隙，都肆无忌惮，像没心眼儿的孩童。

那些时光，因此被定格成一枚闪亮的书签、一帧浓墨重彩的照片，成为记忆深处的珍藏。将它们悬挂在叫作青春的门楣上，来一阵风，便有风铃一般的细语呢喃。

如诗，如梦，也如歌。

时间再过得深久些，起伏些，便又会慢慢觉得，风铃的乐音再悦耳，也是短暂，那音调纵使再动听，也暗含悲伤，萌动的心扉刚开启不久，便要被如水的时光强制关上。而除此之外的青春，仍一望无垠，在心野上像一株开满花的树，闪闪招摇。

那笔尖存留的书墨的清香，那熟悉的音乐的节拍，那悸动时光里某人指尖的微温，轻而易举就要失却了吗？它们也会如那掠过树桠的春风，带着花瓣泪，终不知所往？而那些尚未涉足的青春美地，我们还想再去看一看，哪怕，只是看它一眼。

你忘记了我，我却怀念你，多么可笑的讽刺。
——李宫俊的诗

217

岁月却静默，周边也无言，空留一阵怅然若失的风，簌簌拂过咿呀作响的心门。

青春，到底是什么？

是一个人的孤单，几个人的狂欢，还是老师、家长面对那分数少得可怜的试卷，紧紧绷着的严肃的脸？或者只是淡然无言的黑板，来不及说再见就挥别了的身影？

只是在如烟往事里并蒂开放的它们，也都在时光不知不觉的流逝里，悄然失声成了旧年的黑白默片，回望，却是记忆越来越模糊的影子，踽踽走向地平线的彼端。

或许，青春真的就是渐行渐远的它们，还有那天蓝水碧花红心晴朗，褪了色的泛白的牛仔裤和充满了光阴褶皱的白衬衫，抑或，青春只是少年脸上带着梨涡的动人浅笑，偶尔难以自已，忍不住决堤泛滥的泪水……

总是在得到那么多欢笑、幸福、感动、甜蜜的同时，遗憾我们的青春少了太多想要的东西，青春却如路旁的花树，静默无言，只顾一季一季绚烂成海，一年一年凋零成伤。

大概，我们从来都没有被青春轻柔地拥进怀抱过，它只是一直都把我们当作，住在它隔壁家的孩子，只是一直在安静地，注视着我们长大……

谁会把你喜欢得这么好
The one who stands by you forever

图书在版编目（CIP）数据

谁会把你喜欢得这么好 / 顾南安著. -- 北京 : 现
代出版社，2015.9
ISBN 978-7-5143-3968-0

Ⅰ. ①谁… Ⅱ. ①顾… Ⅲ. ①短篇小说－小说集－中
国－当代 Ⅳ. ①I247.7

中国版本图书馆CIP数据核字 (2015) 第186035号

作　　者	顾南安
责任编辑	杨学庆
出版发行	现代出版社
通讯地址	北京市安定门外安华里504号
邮政编码	100011
电　　话	010-64267325　64245264（传真）
网　　址	www.1980xd.com
电子邮箱	xiandai@vip.sina.com
印　　刷	北京建泰印刷有限责任公司
开　　本	880mm×1230mm　1/32
印　　张	7.5
版次印次	2015年12月第1版　2015年12月第1次印刷
标准书号	ISBN 978-7-5143-3968-0
定　　价	24.80元